Wild Animals at Home

시튼의 동물 이야기

7

Wild Animals at Home

옐로스톤 공원의 동물 친구들

우리 곁의 야생 동물들

어니스트 톰슨 시튼 지음 | 이성은 옮김

궁리
KungRee

일러두기

· 이 책은 『Wild Animals at Home』(Grosset & Dunlap, 1913)을 우리말로 옮긴 것입니다.

서문

　나는 '야생 동물의 삶'을 밝혀 줄 빛을 찾기 위해 거의 30년 동안 로키 산맥을 종횡무진으로 오가며 여행했다. 브리티시컬럼비아에서 멕시코까지 이어지는 이 협곡에서 법과 질서의 테두리를 훌쩍 벗어나 모닥불을 피워 보기도 했지만, 거대한 산악 지대로 이루어진 야생 동물 피난처, 옐로스톤 국립공원보다 더 보람찬 곳은 아직 찾지 못했다.

　여행자들은 사냥꾼들에게 알려지지 않은 외진 지역에 들어서게 되면, 그곳에 사는 야생 동물들이 몇 걸음 떨어져 호기심 어린 눈길로 물끄러미 쳐다보려 할 뿐, 사람을 거의 두려워하지 않는 반쯤 길들여진 동물들이라는 것을 알게 된다. 그렇지만 녀석들은 금방 사람이야말로 가장 위험한 적이라는 것을 깨닫고, 사람을 보자마자 날쌔게 도망쳐 버린다. 동물들의 신뢰를 되찾으려면 오랜 시간 무척 조심해야 한다.

서부 개척 초창기에는 사냥감이 넘쳐나는 데다 사냥 무기의 최대 사정거리가 45미터였기에 야생 동물들이 비교적 사람들을 따랐다. 법은 안중에도 없는 가죽 사냥꾼들과 라이플총이 등장하고 나서부터 곧 모든 덩치 큰 사냥감들은 무척 겁 많고 조심성 있는 도망자들로 변해 버렸다. 예전 같으면 100미터 정도 떨어진 곳에서 평온하게 쳐다보기만 했을 산양이나 늑대가 800미터 떨어진 거리에 있는 사람을 흘깃 보거나 산들바람을 타고 풍겨 오는 사람 냄새를 그저 맡기만 해도, 몇 킬로미터씩 도망쳐 버린다.

1872년, 옐로스톤 국립공원이 설립되면서 야생 동물을 보호하고자 하는 새로운 시대가 열렸다. 그러면서 서서히 이 동물들도 우리를 향해 다른 모습을 보여 주기 시작했다. 현재 북서 지역에서는 유일하게 이 보호구역에서만 야생 동물들이 넘쳐날 뿐만 아니라, 에덴동산 시절부터 사람을 향해 보였던 모습이 다시 나타나고 있다.

동물들이 대낮에도 밖으로 나오고, 사람을 해하지 않으며, 가까이 다가가도 두려워하지 않는다. 이곳은 동식물 연구가와 사진가들에게 참으로 이상적인 천국이다.

처음 이 지역은 협곡과 큰 폭포 그리고 간헐천 때문에 유명해졌지만, 내 생각에는 아름다운 경치보다 야생 동물들 때문에 더 많은 여행자들이 이곳에 끌리는 것 같다. 서부에 자리 잡은 이 이상한 나라에서 내가 여름 한철을 다 보내고 다음 계절까지 맞이했던 까닭이 오로지 그곳에 사는 동물들과 함께 지낸다는 기쁨 때문이었음을 나는 안다.

내가 이 연구를 통해 네발 달린 그 동물들 틈에서 경험한 모험들은 사실 아주 작은 것에 지나지 않는다. 오싹했던 순간도 매우 드물었다. 누구라도 당장 그곳에 가면 내가 겪었던 경험을 하거나 더 나은 체험을 할 것이다. 그래도 나는 이 모험을 일어났던 그대로 책에 싣고자 하는데, 설령 그 모험들이 머리카락 삐쭉 서는 기분을 선사하지는 못한다 하더라도, 내가 무엇을 찾고자 했으며 어떻게 진행했는지는 보여 줄 것이기 때문이다.

나는 야생 동물들이 사는 삶의 소소한 부분들을 보여 주고자 하는데, 이것은 평범한 여행자도 발견할 수 있는 것들이다. 사실 나는 평범한 여행자와 함께 여행하면서 우리 곁을 우연히 지나가는 내 친구들을 가리키며, 여러모로 그 녀석들을 더 잘 알게끔 도와주는 몇 마디 말을 덧붙이곤 한다. 또한 나는 제 서식처에서 살고 있는 야생 동물을 기회 될 때마다 찍은 사진 그리고 이 책과 똑같은 제목으로 열린 여러 번의 강연 내용을 책에 포함시켰다.

책 표지는 아내 그레이스 갤러틴 시튼이 디자인했다. 아내는 이 책에 나오는 경험 대부분을 나와 함께 했을 뿐만 아니라, 단순히 책을 통해 추측할 수 있는 것 이상으로 모든 부분에서 큰 역할을 해 주었다.

어니스트 톰슨 시튼

->>> 차례 <<<-

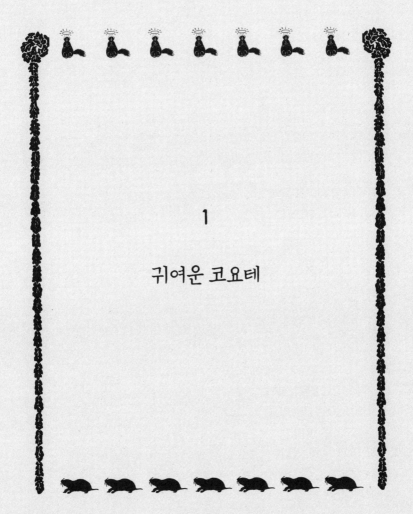

1

귀여운 코요테

본보기가 되는 작은 짐승, 내 친구 코요테

여러분이 만일 서부 황야로 알려져 있거나 알려졌던 지역 둘레를 따라 선을 긋는다면 코요테 왕국의 윤곽을 정확하게 그린 셈이다. 코요테가 자신의 큰형 늑대와 달리 아직 그 지역 곳곳에서 목격되긴 해도, 동부 아메리카로 알려진 지역에서는 결코 자주 모습을 드러낸 적이 없다.

코요테는 여러분이 기차를 타고 가면서 볼 수 있는 몇 안 되는 야생 동물 중 하나다. 나는 옐로스톤 국립공원에 올 때마다 리빙스턴과 가디너 사이를 흐르는 강의 평평한 지역에 자리 잡은 프레리도그 서식지 사이로 회색빛 코요테가 재빨리 움직이는 모습을 발견할 뿐 아니라, 공원 안에서도 거의 매일 녀석을 보았고, 매일 밤이면 예외 없이 녀석이 우는 소리를 들었다.

코요테(카이-오-테이로 발음하는데, 일부 지역에서는 카이-우트라고도 한다.)는 멕시코 원주민 말로 '잡종'이라는 뜻으로, 아마도 코요테가 여우와 늑대가 섞인 동물처럼 보이는 것을 암시하는 듯하다. 이 기원에서 코요테의 성격을 알려 주는 매우 만족할 만한 단서를 찾아볼 수 있는데, 왜냐하면 코요테는 여우와 늑대가 지닌 성격 중에서 성공적인 삶을 사는 데 도움이 될 만한, 가능한 모든 자질을 가져다 자신의 성격에 합쳐 놓은 것 같기 때문이다.

코요테는 공원에 사는 동물 가운데 몇 가지 근사한 이유로 더 이상 보호를 받지 않는 몇 안 되는 동물 중 하나인데, 첫 번째 이유는 코요테가 자기 자신을 아주 잘 보호할 수 있다는 점이고, 두 번째로는 벌써 코요테 개체 수가 아주 많아졌으며, 세 번째로 녀석이 먹잇감에게 아주 큰 피해를 끼치기 때문이다. 코요테는 보기 드물게 아주 약삭빠른 짐승이다. 몇몇 인디언 부족은 코요테를 신의 개 또는 주술을 부리는 개로 부른다. 어떤 부족들은 코요테를 악의 화신이라 여기기도 하고, 다른 부족들은 자신들이 경험한 것을 바탕으로 더 나아가, 코요테를 『천일야화』에 나오는 술탄처럼, 자신이 만든 피조물 가운데 하

나의 모습으로 변장하고 재미있는 일을 찾는 창조주 자체로 여기기도 한다.

동식물 연구가가 코요테를 흥미로운 동물이라 생각하는 데는 다른 이유가 있다. 회색과 노란색이 섞인 이 늘씬한 녀석이 프레리도그의 서식지인 둔덕 사이로 어두운 그림자를 드리우며 소리 하나 내지 않고 돌아다니는 것을 여러분이 보게 된다면, 녀석이 먹을거리를 찾아 사냥에 나선 것임을 기억하길 바란다. 또한 그리 멀리 않은 곳에 녀석의 짝이 있다는 것도 잊지 마라. 왜냐하면 코요테는 암컷을 딱 하나만 두고 사는, 본이 될 만큼 정숙한 작은 짐승이기 때문이다. 수컷은 암컷을 헌신적으로 사랑하고, 두 마리는 함께 생존이 걸린 싸움을 해 나간다. 코요테의 짝은 틀림없이 가까운 곳에 있으며 만약 그 짝이 눈에 보이지 않는다면 아마도 녀석들이 놀이를 하는 중이어서일 텐데, 내가 지켜본 바에 따르면 녀석들은 아주 영리한 놀이를 벌인다.

그뿐만 아니라 1.5킬로미터에서 3킬로미터 정도 떨어진 산허리에 자리 잡은 녀석들의 굴에는 새끼 코요테들이 깩깩 소리를 지르고 있다는 것도 기억하라. 아비와 어미 코요테는 새끼들에게 하루치 먹이를 끊이지 않고 잘 댈 수 있도록 사냥에 나서야만 한다. 프레리도그가 사는 마을이 코요테의 사냥터인 것은 맞지만, 과연 녀석들은 프레리도그를 어떻게 사냥하는 것일까! 캥캥 짖어 대는 이 작은 들다람쥐들이 비록 6미터 거리에 있는 급행열차를 향해서도 앉은 자세로 몸을 일으켜 짖어 대긴 하지만, 사람이나 개 또는 코요테가 자신들의 마을 주위로 멀찌감치 들어서기라도 하면 눈에 보이지 않게 허둥지둥 달아나, 침입자가 일으킨 폭풍이 지나갔다는 것을 알리는 듯 한참 잠잠해지기 전까지는 땅속 안전지대에 숨어 나오지 않는다는 것을 누구나 다 안다. 잠잠해지고 나서야 프레리도그들은 지면 위로 툭 튀어나온 두 눈을 내밀고, 사방이 고요할 경우 살그머니 기어 나와서는 곧 먹이 먹는 일을 다시 시작한다.

속아 넘어간 프레리도그

이제 영리한 코요테가 어떻게 프레리도그의 이런 습성을 이용하는지 설명하겠다. 코요테 수컷과 암컷은 프레리도그 마을로 눈에 띄지 않게 다가간다. 한 마리가 숨으면, 다른 코요테가 마을을 향해 거리낌 없이 들어선다. 적이 다가오는 것을 본 프레리도그들이 모두 엄청난 소리로 짖어 대지만, 적이 가까이 오면 모두 땅 밑으로 쏜살같이 들어간다. 프레리도그들이 숨자마자, 숨어 있던 두 번째 코요테가 재빨리 앞으로 달려와 프레리도그들이 사라진 구멍 중 사냥에 성공할 만한 곳 가까이로 몸

1. 프레리도그 마을

을 감춘다. 그러는 사이 다른 코요테는 계속 돌아다닌다. 녀석에게 겁을 먹었던 프레리도그들이 다시 땅 위로 나온다. 처음에는 하마 눈처럼 툭 튀어나와 주위를 관찰하는 데 안성맞춤인 불룩 달린 두 눈만 땅 위로 내밀기 위해 머리 꼭대기만 밖으로 들어 올린다. 그렇게 잠시 살핀 다음, 사방이 모두 조용하면 몸을 3센티미터 정도 더 내민다. 이제 프레리도그의 두 눈에 주위가 한눈에 들어오면서 아무도 보이지 않으면, 구멍 둔덕 위로 몸을 세우고 앉아 주변을 샅샅이 훑어본다.

이야! 하! 하! 프레리도그는 자신의 적인 그 밉살스러운 코요테가 자신들을 덮칠 수 있는 거리 밖으로 사라져 가는 모습을 지켜본다. 코요테의 모습이 저 멀리 점점 더 작아지면 프레리도그는 자신감이 충만해지고, 다른 프레리도그들도 밖으로 나와 동지의 결정을 찬성하면서 그의 자신감을 더욱 북돋운다. 한두 번 주춤거리다가 녀석은 먹이를 먹기 시작한다. 그러려면 자신의 집에서 3~6미터 떨어진 곳까지 나와야 하는데, 집 가까이에 있는 풀은 다 먹어 치웠기 때문이다. 프레리도그는 풀 가운데서 몸을 높이 세우고 앉아 마지막으로 주위를 둘러본 다음, 먹이 속에다 코를 박고 식사를 시작한다. 바로 이때야말로 지켜보며 기다리고 있던 암컷 코요테가 바라던 기회다. 프레리도그는 소리에 놀라 집으로 피해 보려 하지만, 암컷 코요테가 녀석을 낚아챈다. 암컷은 프레리도그를 물고 흔들어 녀석의 괴

로움을 끝내 준다. 프레리도그는 거의 죽음의 고통 없이 숨이 끊어지고, 암컷 코요테는 멀리 떨어진 산허리에 자리 잡은 자신의 굴을 향해 왔던 길을 되돌아 뛰어간다. 암컷은 대놓고 경솔하게 집 가까이로 다가가지 않는다. 그렇게 다가가다가는 지켜보고 있던 강한 적에게 가족이 있는 곳을 누설할지 모르기 때문이다. 암컷은 주위를 조금 돌면서 사방을 꼼꼼히 확인하고 발자국과 바람을 잘 살핀 다음, 어느 정도 둘러 가는 숨겨진 길을 통해 집 문 앞에 이른다. 밖에서 들리는 발자국 소리만으로도 새끼들이 쥐 죽은 듯 고요해지지만, 어미가 암캐 울음소리 같은 낑낑거리는 소리로 새끼들을 안심시킨다. 새끼들은 기뻐 날뛰면서 서로서로 뒤엉켜 구르며 밖으로 쏟아져 나오는데, 보통은 예닐곱 마리이나, 많을 때는 열 마리에서 열두 마리에 이르기도 하다. 녀석들이 앞다퉈 다가오면, 그 통통한 프레리도그는 대략 3분 만에 모습이 사라지고, 남은 것이라곤 커다란 뼈밖에 없어도, 새끼 코요테는 뼈 하나하나까지 바쁘게 핥아먹는다. 굴 주위로 비슷한 종류의 기념물들이 많이 흩어져 있는데, 깃이 나거나 털 달린 많은 종류의 동물 뼈와 함께, 들다람쥐, 다람쥐, 토끼, 뇌조, 양 그리고 새끼 사슴 뼈가 흩어져 있어 코요테가 얼마나 다양한 먹이를 먹는지 보여 준다.

코요테가 지닌 유머 감각

코요테를 온전히 이해하려면, 코요테가 자신의 지혜로 생계를 꾸려 나가고 지칠 줄 모르는 네발로 목숨을 지키며 살아가는 들개라서, 감탄이 나올 만큼 완벽할 정도로 이 두 재능을 발전시켰다는 것을 기억해야만 한다. 그런데 코요테는 더 나아가 음악에 대한 재능과 유머 감각까지 복으로 받았다.

나는 1897년 옐로스톤 국립공원의 안시에서 살 때, 코요테가 지닌 유머 감각을 잘 보여 주는 사건을 경험했는데, 한동안은 매일 그 일을 겪었다. 야영장에서 살갑게 키우던 칭크라는 어린 강아지는 우쭐거리는 데다 통제할 수 없는 녀석이었다. 녀석에게는 힘과 열정 그리고 용기가 너무나 넘쳐 나서 개가 지녀야 할 분별력이 싹틀 자리가 없었다. 그렇지만 모욕적인 경험을 수없이 한 끝에 분별력을 가지게 되었다.

코요테 한 마리가 우리 야영장을 친근하게 여기고 있었는데, 물론 주위에서만 어슬렁거렸다. 처음에는 밤에 찾아와 쓰레기 더미에서 먹이를 뒤져 먹더니, 공원이 평화롭다는 것을 깨닫고는 더 대담해져서 이따금 낮에도 들렀다. 나중에는 녀석이 매일 찾아왔고, 180미터 정도 떨어진 산등성이에 녀석이 앉아 있는 모습도 종종 눈에 띄었다.

어느 날 코요테가 훨씬 더 가까운 곳에 앉아 코요테다운 모

2. 칭크가 만난 코요테와 말뚝땅다람쥐

습으로 이를 드러내고 싱긋 웃고 있자, 야영객 중 한 사람이 장난을 치고 싶은 마음에, 개에게 이렇게 말했다. "칭크, 저쪽에 너를 보며 웃고 있는 코요테 보이지. 가서 녀석을 쫓아내 버려."

강아지는 이름을 날리고 싶은 마음에 불타올라 전속력으로 달려 나갔고, 코요테가 있는 곳을 덮칠 때마다 소리를 내질렀다. 코요테는 멀찌감치 도망쳤고 우리가 보기에 멋진 경주가 벌어져서, 말뚝땅다람쥐들도 자신들의 적인 이 두 녀석이 서로 싸우고 있는 멋진 광경을 지켜보기 위해 그들의 집 둔덕 위로 높이 몸을 세우고 앉았다.

코요테는 꼬리는 늘어뜨려 다리와 뒤엉키게 하고, 제멋대로 움직이는 다리 또한 꼬리와 뒤엉키게 한 채 몸을 구부정하게 구부리고 걷는다. 코요테가 걷는 모습을 보면 그렇게 열심히 움직이는 것 같지도 않은데, 아! 그 넓은 초원을 어쩌나 잘 누비고 다니는지! 그러한 까닭에 얼마 지나지 않아, 칭크가 엄청난 속도로 달리며 기고만장해서 소리를 내지르긴 했지만, 코요테에게 지고 있음이 분명해졌다. 좀 있으니 코요테는 완전히 멀리까지 달아나지는 않으려고 대놓고 속도를 늦추기까지 했다. 두 녀석이 400미터가량 벌인 멋진 경주는 코요테가 칭크를 향해 방향을 틀면서부터 벌어진 일에 비하면 아무것도 아니었다. 코요테는 으르렁거리면서 짖다가 새된 소리를 내더니, 자신의 힘과 권리를 깨닫고는 격분하면서, 정당한 이유도 없이 부당하게 가해진 공격에 대응해 개에게 다가갔다.

그러자 칭크에게도 갑작스레 깨달음이 찾아왔다. 녀석이 시끄럽게 내지르던 소리는 방향을 틀어 집을 향해 도망치는 사이, 긴박한 위험을 알리는 울음소리로 바뀌었다. 코요테는 강아지를 여기저기 물면서 쫓아왔다. 칭크를 제물 삼아 크게 재미를 보는 듯한 데다, 경솔하기 짝이 없던 야심 찬 강아지가 주인 침대 밑으로 숨어 버릴 때까지 따라오는 것을 멈추지도 않았다.

이 일이 당시에는 무척 웃겼지만, 칭크 녀석이 그저 명령에 따라 한 일이라, 유감스럽게도 아무도 녀석을 동정하지 않았다. 그러나 칭크는 그 이후로 명령이 떨어지든 그렇지 않든, 코요테들을 그냥 내버려 두기로 굳게 마음먹었다. 녀석들이 겉보기와 달리 그리 만만한 상대가 아니었기 때문이다.

그러자 코요테는 새로운 놀이를 찾아냈다. 그날 이후로 녀석은 그저 이 작은 개만 숨어 '기다리다가' 야영장에서 100미터 정도 떨어진 곳에 나타나기라도 하면 개가 겁을 집어먹고 어딘가로 숨어 들어갈 때까지 그 뒤를 쫓았다. 결국에는 그 놀이가 심해져, 말을 타고 나가는 우리를 칭크가 따라 나서면, 코요테 녀석도 역시 뒤쫓으면서 이 짓을 계속해 댔다.

이 일이 처음에는 재미있다가 나중에는 지겨워지더니, 결국 칭크 주인의 마음이 크게 상하고 말았다. 사람은 자신이 키우

23

는 개에 대해 안타까워하기 마련이다. 칭크 주인은 자신의 개가 놀림당하는 것을 가만히 지켜보려고만 하지 않았다. 그는 "만약 무슨 일이 곧 일어나지 않으면, 다른 일이라도 생길 겁니다."라며 애매모호한 말로 불평을 늘어놓았다. 나는 그 말이 무슨 뜻인지 물어보지 않았다. 그러나 어느 날 그 코요테가 사라진 뒤로는 두 번 다시 녀석을 보거나 울음소리를 들은 적이 없다. 무슨 일이 생긴 것인지 내가 알 도리는 없지만, 비록 당시 코요테가 보호동물인 시절이었긴 해도 미심쩍은 생각이 든다.

코요테만의 독특한 재능

코요테의 학명(Canis latrans)은 문자 그대로 '짖는 개'란 뜻으로, 저녁만 되면 야영장에서 피우는 모닥불로부터 멀찌감치 떨어져, 거의 매일 빠짐없이 녀석들끼리 모여 자신들이 있다는 것을 알리며 멋지게 짖어 대는 합창 소리 때문에 생긴 이름이다. 이 소리에 익숙하지 않은 사람들이라면 먹이를 찾아다니는 늑대들이 큰 무리를 이루고 주위를 둘러쌌다고 생각하고는, 이리저리 복잡한 감정에 충분히 오싹해질 만하다. 그러면 큰 무리를 이루고 울부짖는 늑대들이란 사실상 아무런 해를 끼치지 않는 작은 코요테들이고, 어쩌면 두 마리 정도 모여 늘 하는 대로 저녁기도 성가를 부르면서 자신들의 목소리가 얼마나 멋진

3. 회색늑대

지 보여 주는 것뿐이라고 말하며 안내원이 여러분을 안심시킬 것이다. 녀석들이 보통 부르는 노래는 몇 번 으르렁거리며 캥캥 짖는 소리로 시작해서 소리 음량과 음의 높이가 빠르게 높아지다가 울부짖는 비명 소리를 길게 내지르고는, 다시 그 소리가 가라앉은 다음 으르렁거리며 캥캥 짖는 소리가 이어진다. 보통 코요테 한 마리가 시작하면, 다른 녀석들이 그 비명 소리에 맞춰 함께 소리를 지른다.

내가 서부 지역에서 야영을 하는 동안 근처 낮은 산에서 이 소리를 듣지 않고 밤을 맞이한 적은 단 한 번도 없었다. 지난 9월에는 심지어 매머드 온천(옐로스톤 국립공원 안에 있는 온천—옮긴이) 호텔에서도 이 소리를 들었는데, 이제는 그 소리가 귀에 익어 좋아하게 되었다고 말해야 할 정도다. 우리가 지난 여름 얀시에 처음 야영장을 세운 다음 모두 잠자리에 막 들었을 무렵, 야영장에서 180미터 정도 떨어진 곳에서 코요테의 합창이 시작되었다. 아내가 자리에서 일어나 외쳤다. "정말 멋지지 않아요? 이제야 우리가 정말 서부로 돌아왔다는 것을 알겠어요."

코요테들이 엄청난 파괴력으로 새끼 먹잇감을 해치우기 때문에 국립공원 관계자들은 온갖 노력을 기울여 코요테 개체 수를 줄이려 애쓰고 있지만, 예사롭지 않은 지혜와 놀랄 만한 속도, 타의 추종을 불허하는 대담함, 그리고 믿기 어려울 만큼 뛰어난 생식력을 타고난 동물은 쉽게 쓰러지지 않는다. 만약 관계자들이 무슨 수를 써서라도 서부에서 코요테를 모조리 없애버리는 데 성공한다면, 분명히 고백하건대, 나는 무언가 아주 귀한 것을 잃어버렸다는 느낌이 들 것이다. 이 '주술을 부리는 개들'이 해질 녘 녀석들의 '주술이 담긴 노래'를 부를 때마다, 또는 녀석들이 새벽을 맞으면서 이 노래처럼 똑같이 기이하고도 전율을 불러일으키는 노래를 부를 때마다 나는 언제나 기쁨의 전율을 느꼈다. 왜냐하면 코요테들은 풍부한 레퍼토리와 놀랄 만한 음역을 가지고 있기 때문이다. 코요테는 사실 대평원의 명가수다.

코요테 노래[1]

나는 매일 밤 어둠 속에서 노래하는 코요테.

골골 울어 대는 프레리도그에게서 이렇게 짖는 소리를 얻었다네.

당신도 알겠지만, 프레리도그를 적어도 천 마리쯤 먹고 나는 이렇게 살이 쪘지.

그 한 마리 한 마리 울던 소리가 내 속에서 다시 나오는 거

---

[1] 무단 복제 금지

라네.

후렴:

나는 노래로 당신 영혼을 전율시키고 창처럼 그것을 찔러 버릴 수 있어.

당신에게 바라는 거라곤 내게 기회를 달라는 것뿐이야.

아침에는 얍—얍—얍

밤에는 유웁—유웁— 유웁

달이 뜰 때면 야우—와우—와우

그리고 모닥불을 향해서는 야흐—흐—흐—흐.

얍—유웁—야우—야흐흐흐!

울부짖는 바람과 개구리, 귀뚜라미 소리도 나는 모았다네.

이렇게 모든 값진 원천에서, 내 영감을 길어 올렸다네.

작은 새들이 수풀을 떠나 내 주위 바닥에 웅크리고 앉아

공손하게 숨을 죽일 때까지 나는 목소리를 떨며 노래했 었지.

후렴:

나는 바리톤, 소프라노, 베이스도 하고 테너도 하지.

목소리를 떨고, 소리를 연달아 붙여 부르며, 장식음도 내고, 씽 하는 소리도 내면서 당신을 속속들이 뒤흔들어 버릴 수 있지.

나는 입에 물고 손가락으로 타는 작은 악기—나는 오르 간—나는 바이올린이고 플루트.

모든 감동적인 소리는 코요테에게서 찾을 수 있다네.

후렴:

나는 고함치고 울부짖는 황야, 말리브랑 같은 오페라 가수.

린드, 라바셰, 멜바의 목소리가 어울려 하나의 소리로 모 두 섞였지.

나는 대성당의 오르간, 날카로운 증기 오르간.

나는 떨리는 소리로 지껄여 대는 나이팅게일, 커다란 에올 리언 하프.

후렴:

나는 죽은 자를 일으키고, 마을 전체를 뒤덮고, 당신을 창 처럼 찌를 수 있지.

그리고 내가 당신에게 바라는 거라곤 기회를 달라는 것뿐 이야.

이런저런 기회를 말이야.

(반복하는 부분)

비록 내가 기적 같은 존재이지만, 사람들은 나를 아직 알 아보지 못해.

아, 세상이 깨어나면 나를 얼마나 귀하고 소중히 여길까.

그러면 매니저들과 유명한 가수들—그리고 맥 빠진 황제들이 자신들의 돈주머니와 맡은 역할 그리고 왕관을 내 발 앞에 던질 거야.

후렴:

나는 서부 가장 황량한 곳의 목소리, 대평원의 명가수.

마성 깃든 노래 넘쳐 나는 바그너풍의 길들지 않은 오페라.

나는 미치광이들로 꽉 들어찬 오케스트라가 울부짖듯 내지르는 소리.

나는 노래하는 토네이도—저주받은 자들의 날카로운 비명 소리.

후렴:

2

프레리도그와 그 친척

즐거운 액-액과 녀석의 고생스러운 삶

  프레리도그는 서부에서 쉽게 볼 수 있는 대표적인 동물로, 버펄로보다 흔하며, 심지어 이제는 버펄로가 가장 번성했을 때의 개체 수와 숫자가 맞먹는다. 나는 프레리도그 우는 소리가 들리고 둔덕에 앉아 있는 녀석들 모습을 한 번 이상 봐야만 내가 진짜로 대초원에 돌아왔다는 생각이 든다. 여러분이 리빙스턴에서 가디너까지 옐로스톤 계곡을 따라 올라가다 보면 이 '대초원의 저능아'가 아주 많다는 것을 알아차릴 것이다. '도그마을'은 철길을 따라 여기저기 많이 흩어져 있고, 그 많은 굴마다 한 마리에서 여섯 마리의 프레리도그가 사는 것을 볼 수 있

다. 가디너에 가까워질수록 지대는 계속 높아지고, 공원 경계와 가까운 어떤 곳은 땅이 워낙 높아지다 보니 동물들의 서식 범위를 가로막는 여러 신비한 장벽 중 하나가 설치된 것처럼 보이는데, 그 장벽은 눈에 보이지 않기 때문에 통과하는 것도 불가능할 듯싶다. 프레리도그가 사는 지역은 공원 입구 가까이에서 끝이 난다. 그런데 조지 S. 앤더슨 장군이 내게 해 준 말에 따르면, 가디너 강을 따라 펼쳐진 평지에서도 이따금 프레리도그가 발견되나, 언제나 공원 입구와 가까운 곳이고, 공원 내 다른 지역에서는 결코 발견되지 않는다고 한다. 이러한 이유로 프레리도그는 공원에 서식하는 동물에 포함된다.

프레리도그는 물론 들다람쥐 종류에 속한다. '도그'라는 이상한 이름은 녀석들이 '짖기' 때문에 붙여진 이름이다. 높은 음으로 '액-액-액-이이'라고 짖으며, 위급한 상황을 알리기 위해 굴 곁에 솟은 둔덕 위에 몸을 세우고 앉아 소리를 내는데, 프레리도그는 '액' 하고 짖을 때마다 꼬리도 들어 올린다. 노인들은 여러분에게 프레리도그는 꼬리와 소리가 묶여 있다고 말해 줄 텐데, 꼬리를 들지 않고서는 결코 프레리도그가 소리를 내지 않는 것을 보면 틀림없는 말이다.

우리가 앞서 보았듯이, 암소가 순무나 알팔파로 덮인 들판에 자주 나타나는 것만큼 코요테도 흔하면서 몸에 좋은 먹이를 찾아 프레리도그 마을에 자주 출몰한다. 그렇지만 액-액이 살아

가는 데 코요테만 유일한 골칫거리는 아니다.

오래된 책과 재미있는 안내자들은 프레리도그와 방울뱀 그리고 굴파기올빼미에 관한 최고로 그럴듯한 이야기들로 여행객들을 즐겁게 해 준다. 그 이야기들에 따르면 이 세 녀석이 형제애와 사랑을 바탕으로 같은 굴에 모여 함께 살면서 독점적인 협력 관계 아래 아주 만족스럽게 일을 분담해서 사는 듯 보인다. 굴을 파는 일은 프레리도그 몫이고, 올빼미는 보초를 서서 위험이 닥칠 때마다 경고 신호를 보내며, 방울뱀은 프레리도그 새끼들을 지키는 역할을 맡아 목숨까지 건다고 한다. 이 이야기가 사실이라면 참 기분 좋은 소리다.

이따금 쉼 없이 일하는 들다람쥐가 제일 먼저 파 놓은 굴에 세 마리 모두 산다는 것은 의심할 여지 없이 분명하다. 그러나 사실은 프레리도그가 (아마도 압력을 받아) 버린 구멍을 올빼미와 방울뱀이 그저 사용하는 것일 뿐이다. 그리고 지하 생활자들인 이 세 녀석 중 두 마리가 똑같은 구멍에서 마주치기라도 한다면 가장 건강한 녀석만이 살아남는다. 더 나아가 내 생각에는 세 녀석의 새끼들 모두 각각 다른 두 녀석에게는 훌륭한 사냥감이자 만족스러울 만큼 맛 좋은 식사거리가 될 것이다.

농부들은 프레리도그를 크나큰 골칫거리로 여긴다. 녀석들이 농작물에 끼치는 피해는 연간 수백만 달러에 이르는 것으로 추정된다. 녀석들을 제거하는 가장 좋은 방법은 사실 단 한 가

지다. 바로 프레리도그 마을에 난 구멍 하나하나마다 독약을 넣는 것으로, 중세 이탈리아에서 사용된 방법이 이곳 서부에까지 전해진 것이다.

　불쌍하게도 의지할 데 하나 없는 작은 동물 액-액은 친구 하나 없건만 천적과 걱정의 목록은 길어져만 간다. 게다가 모든 포식자들의 먹이인 프레리도그는 앙갚음할 방법 하나 없어 보인다. 녀석이 삶에서 누리는 유일한 즐거움이라고는 매일 주위에 새로운 골칫거리가 다가오지 않나 조심스럽게 살펴보면서 모은 신선하지도 않은 풀을, 귀가 닿아서 머리에 닿을 만큼 자주 좁은 구멍 아래로 잽싸게 몸을 피하는 틈틈이, 허겁지겁 먹어 치우는 일뿐이다. 녀석이 누리는 이 기쁨보다 더 단순하고 하찮은 기쁨을 찾을 수 있을까? 그런데도 녀석은 통통하고 명랑하다. 분명 녀석은 땅에서 맞이하는 날마다의 삶을 즐기면서, 우리만큼이나 삶의 이야기를 끝내고 싶어 하지 않는다. 프레리도그가 이렇게 적의로 가득한 차가운 세계에 둘러싸여 살면서도 자신 안에서 행복을 찾는 달관의 힘을 가졌다고 믿을 때에만 우리는 녀석을 이해할 수 있을 것이다.

4. (a) 바위틈에서 나를 지켜보는 휘슬러 (b) 새끼 휘슬러

바위틈에 사는 휘파람 부는 마멋 휘슬러

액액의 먼 다람쥐 조상이 들판을 번식 구역으로 삼았을 때, 이 일가의 또 다른 조상은 바위투성이 산을 골랐다.

단단한 땅을 잘 파기 위해 발톱이 커졌고, 주황색을 띠는 주변 환경과 어울리도록 털색은 더 붉어졌으며, 산봉우리와 계곡 건너까지 신호를 보낼 수 있도록 소리도 훨씬 커지고 길어진 녀석은 덩치도 커지고 더 멋있어진 데다 더욱 중요한 동물이 되어 마운틴 휘슬러, 노란배마멋 또는 주황우드척이라 불린다.

옐로스톤 국립공원에 있는 울퉁불퉁한 산악 지대라면 어디서든지 녀석이 독특한 소리로 날카롭게 부는 휘파람 소리를 들을 수 있다. 특히 따스한 아침에는 더 자주 들린다.

소리가 나는 방향을 잘 골라서 그곳을 향해 올라가 보라. 아마 한 시간 정도는 열심히 올라가야 은신처 주위 여기저기 흩어진 바위 사이로 모습을 드러낸 가슴 부분이 주황색인 휘슬러가 보일 것이다. 녀석의 울음소리가 멀리까지 울려 퍼지는 탓에 때로 800미터 밖에서도 들리기 때문이다.

동부에 사는 그라운드호그를 아는 사람들이라면 서부에 사는 사촌이 바로 이 바위 우드척이라는 것을 알아볼 수 있겠지만, 바위틈에 사는 이 우드척이 덩치도 조금 더 크고, 노란색을 띠는 데다, 더 밝은 빛깔이고, 어린 소년의 부러움을 한 몸

에 받을 만큼 멋진 휘파람 소리를 낼 수 있는 복도 받았다. 이제, 흠 잘 잡는 사람들이 '바위 우드척'이라 불리는 녀석의 이름에 딴죽을 걸지 않도록 설명을 해보자면, 우선 '우드척'도 그 이름이 뜻하는 '나무'나 '내던지기'와는 아무 상관이 없다는 것을 생각해 보아야 하는데('마멋'을 뜻하는 우드척의 영어 표기는 woodchuck으로, '나무'를 뜻하는 wood와 '내던지다'란 뜻의 chuck 이 결합된 단어다.—옮긴이), 사실 이 이름은 인디언들이 붙인 '옷-척'에서 온 것으로 종종 '위-잭'이라고 쓰기도 하며, 우리가 잘못 알아듣고 붙인 이름이다.

앝시 뒤로 솟은 울퉁불퉁한 바위산 등성이에는 휘슬러들이 모여 사는 주거지가 있다. 어느 날 내가 그곳에 앉아 손에 카메라를 든 채 간단한 밑그림을 그리고 있을 때, 휘슬러 한 마리가 근처에서 머리를 쏙 내밀어 보였고, 그 모습은 내가 찍은 사진에 담겨 있다.

꾸러미쥐와 녀석의 박물관

내 학교 친구 중에 웨다라고 불리던 녀석이 있었는데, 녀석은 잡동사니 나부랭이며 골동품, 놋쇠나 사기 조각, 반짝거리는 물건과 조약돌, 버섯, 낡은 신문 조각이나 뼛조각, 명함, 살굿빛 돌 조각, 배배 꼬인 뿌리와 이상하게 생긴 대리석이나 단

추를 광적으로 모았다. 웨디는 그중에서도 이상하게 생기거나 반짝거리는 것을 특히 좋아했다. 무슨 법칙에 따라 모으는 것은 아니었다. 그렇게 모은 것으로 특별히 하는 일도 없었다. 자신이 모은 잡동사니를 꺼내 펼쳐 놓고 기분 좋게 바라보며 만족하던 웨디였지만, 내 생각에 녀석은 수집 자체를 즐거워했던 것 같다. 게다가 친구가 가진 진귀한 물건에 욕심이 동하면, 웨디는 그 물건을 손에 넣기 위한 작전을 짜고 세부 계획을 행동에 옮겼는데, 영광스럽게도 물건을 성공적으로 손아귀에 넣었을 때 녀석이 누리던 기쁨은 어떤 재물을 얻거나 공훈을 세워 얻는 기쁨보다 더 컸다.

꾸러미쥐가 바로 산지에 사는 웨디 같다. 아니 웨디가 바로 우리 학교 꾸러미쥐였다. 여러분이 꾸러미쥐를 마음에 그리고 싶다면 여느 쥐처럼 생겼지만 털이 부드럽고 꼬리는 텁수룩한 데다 눈빛이 그윽하고, 숲에서 다른 쥐처럼 평범한 삶을 살지만 단 한 가지, 진기한 물건을 모으는 데만은 유별나게 광적인 작은 동물을 상상해 보길 바란다.

분명 꾸러미쥐는 자신의 보금자리를 만들고자 이렇게 물건을 모아 들이기 시작했을 텐데, 그러다 보니 집을 보호하기 위해 선인장 잎사귀와 뾰족한 가시가 달린 가지도 쌓게 되었다. 그렇게 시작된 본능은 점점 커져 오늘날 꾸러미쥐가 사는 둥지는 높이가 30~120센티미터에 달하고 폭은 120~250센티미

터까지 이르는 쓰레기 더미다. 나는 수집품으로 만든 이런 보금자리를 여럿 살펴보았다. 꾸러미쥐는 주로 키 작은 나무숲에서 자라는 나무 주위로 집을 짓는데, 가운데에는 폭이 약 20센티미터인 부드럽고 따스한 작은 둥지를 만들고 그 둥지를 온통 잔가지와 가시로 에워싼 다음, 입구로 쓸 좁은 구멍만 남겨 둔 채 줄지어 세운 선인장 가시로 경비를 강화한다. 그런 다음 이렇게 만든 집 꼭대기에다가는 솔방울, 조개껍질, 조약돌, 뼛조각, 종이와 양철 나부랭이, 그리고 다른 동물의 두개골을 멋지게 모아둔다. 집주인이 이 예술 작품 또는 골동품에다 놋쇠로 된 탄피나 안장 죔쇠, 구리 못이라도 더하게 되면, 위대한 수집가가 라파엘로나 렘브란트의 그림을 손에 넣고 느끼는 상기된 즐거움과 똑같은 기분에 녀석의 작은 가슴도 물론 벅차오른다.

한번은 내가 이 쥐 박물관에서 낡은 파이프를 찾은 적도 있다. 녀석은 권총 탄피도 간절히 구할 뿐 아니라 안장 죔쇠도 무척 가지고 싶어 해, 야영객 안장에서 몰래 잘라 내는 한이 있더라도 모으려고 한다. 이런 물건 중 하나라도 없어졌다면, 가장 가까운 곳에 사는 숲쥐, 즉 꾸러미쥐의 집을 흔히 찾아보게 되고, 보통은 지붕 꼭대기에다 뻔뻔스럽게 모아 놓은 수집품 중에서 잃어버린 물건을 찾기 마련이다. 내 기억에 누군가가 야영장에서 틀니를 잃어버렸다가, 바로 이렇게 해서 다시 찾았다는 이야기를 들은 적이 있다.

자유거래상

'꾸리다'라는 단어는 서부에서 '옮기다'란 뜻을 가지고 있어, 물건을 채 가는 쥐라는 뜻에서 '꾸러미쥐'라는 이름이 붙여졌다('꾸러미쥐'로 옮긴 pack-rat은 우리말로 '숲쥐'라고 부른다.—옮긴이). 그렇지만 이 쥐는 또 다른 버릇이 있다. 다른 이의 보물을 슬쩍하는 것이 양심에 걸리기라도 하는 듯, 녀석은 종종 자신에게는 동등한 교환가치가 있어 보이는 것을 가지고 오기도 한다. 그래서 어느 날 밤 여러분이 컵과 함께 놓아두었던 은도금 숟가락이 사라졌는데, 컵 안에 기다란 솔방울이나 못이 하나 담겨 있는 것을 보게 된다면, 그것이 바로 꾸러미쥐가 들렀다가 놓고 갔다는 징표다. 때로 이 열정적인 마니아는 음식을 가져가기도 하지만, 그 자리에 다른 것을 놓아두기도 한다. 내가 들은 이야기에서 어떤 쥐는 웃기고 싶은 마음에서였는지 아니면 음식이 지닌 가치를 잘못 생각하고 있어서였는지, 야영장에 있던 비스킷을 채 간 다음 그 텅 빈 접시에다 '엘크 똥'으로 알려진 작고 동그스름한 똥을 가득 채워놓았다고 한다. 그래도 분명 훔치는 것이 아니라 거래를 하겠다는 공정거래에 대한 뜻이 담겨 있는 셈이다. 이런 까닭에 이 동물은 '거래하는 쥐'로도 널리 알려져 있다.

비록 내가 산에 사는 꾸러미쥐를 몇 년간 보긴 했어도, 엄격하게 경계 지어진 옐로스톤 보호구역에서는 한 마리도 보지 못했다. 그렇지만 공원 안내원들 모두가 내게 분명히 말하길 다른 곳과 마찬가지로 이곳에도 꾸러미쥐들이 살고 있으며 똑같은 버릇을 보여 준다고 한다. 그러니 혹시라도 야영지 주변에서 갖가지 빛나는 물건을 잃어버렸다거나, 어느 날 아침 여러분이 신는 부츠에 조약돌과 사슴 똥 또는 가시가 가득 채워져 있는 것을 보게 된다 해도, 기분이 토라져 어리석게 안내원을 탓하는 일은 없기를 바란다. 그것은 단지 꾸러미쥐 녀석 하나가 여러분을 방문했다는 뜻이고, 여러분이 잃어버린 먹지 못할 물건들은 틀림없이 녀석의 박물관에서 찾을 수 있을 것이기 때문이다. 그 박물관은—나무 아래 잔가지와 잡동사니로 만든 더미로—100미터 정도 떨어진 곳에서 발견할 수 있고, 그 지붕에서는 집주인이 햇살 좋은 날 밝고 환하게 빛나는 물건들 사이에 앉아 그 작은 가슴이 성스러운 기쁨으로 벅차올라 자그맣고 검은 두 눈에 눈물이 글썽해질 때까지 물건들을 흡족해하며 바라보고 있을 것이다.

대격변가, 흙파는쥐

여러분이 옐로스톤에 있는 풀이 무성한 평평한 초원 지대를 가로지르다 보면, 작은 언덕에서 땅 위로 던져진 부드러운 흙더미를 볼 수 있다. 때로는 20개 이상의 흙더미가 한데 모여 있기도 하다. 마차꾼들은 여러분에게 이것들이 두더지 언덕이라 말해 줄 테지만, 사실 그다지 옳은 설명은 아니다. 왜냐하면 두더지는 옐로스톤 공원에서 알려지지 않은 동물이나, 이 흙더미를 만든 동물은 공원에 아주 많기 때문이다. 그 동물이란 바로 흔하게 볼 수 있는 흙파는쥐다. 이 녀석은 프레리도그와 마운틴휘슬러와는 아주 먼 친척 사이지만, 두더지라는 흥미로운 광부와는 같은 목(目)에 속하지도 않았으면서도 두더지처럼 지하 생활을 하고 있다. 흙파는쥐가 설치류(설치목)라면 두더지는 식충류(식충목)이기 때문에, 사자와 카리부가 다르듯이 서로 다른 사이인데도 말이다.

흙파는쥐는 크기가 쥐만 하고, 꼬리가 짧은 데다 앞발과 발톱이 비교적 커다랗다. 사실 이 동물은 땅파기 동물로 훌륭하게 진화했다.

땅 위로 던져 쌓인 흙더미를 조사해 보라. 좋은 본보기를 골랐다면, 흙의 부피가 15리터 정도는 거뜬히 나갈 것이다. 그다음 반경 50걸음 안에 있는 흙더미의 개수를 세어 보라. 아마도 세어 본 흙더미 모두 흙파는쥐가 짝을 이뤄 쌓아 올린 것일 텐데 녀석들은 협력을 신뢰하기 때문이다.

땅을 찬찬히 살펴보면, 날씨 때문에 닳아 평평해져 버린 오래된 흙무더기 수십 개와, 아마 몇 년 전에 만들어 놓았을 흙무더기 흔적 수백 개도 볼 수 있다.

이제 한 무더기에 쌓인 흙의 양을 세어 본 무더기의 개수로 곱해 보면, 이 흙파는쥐 한 쌍이 해낸 작업의 크기가 어느 정도 인지 짐작할 수 있을 것이다. 마지막으로 공원 내 1천 평 남짓한 땅마다 뒤쥐 한 쌍이 살고 있다는 것을 감안해서, 뒤쥐 한 쌍이 파헤치는 흙이 몇 톤이나 되는지 어림한 다음, 공원의 총 넓이에 곱해 본다면, 여러분은 이 원기 왕성한 설치류 동물 전체가 해내는 일의 크기를 짐작하면서, 인디언들이 녀석들에게 붙인 '대격변가'란 이름이 얼마나 잘 어울리는지도 실감하게 될 것이다.

우리는 지질학적 격변을 자연에서 일어나는 무시무시한 전복 현상이라고들 흔히 이야기하지만, 여기 바로 우리 눈앞에서 벌어지는 이 엄청난 크기의 중요한 격변은 아주 잠잠하면서도 유쾌하게 일어나는 까닭에 그 단계 하나하나를 즐길 수 있다.

3

유명한 털 짐승들

여우, 담비, 비버와 수달

아름다운 억만장자 부인이 먼지투성이 역마차를 타고 가는 모습은 여러분이 콜로라도, 오버랜드 그리고 스탈하임을 떠올리며 옐로스톤 협곡 지대로 들어서는 것과 비교할 수 있다. 이곳에 겨울을 나기 위해 찾아온 순간, 아름다움과 따스함 그리고 입는 사람의 돈주머니 크기를 말해 주는 모피가 여러분의 세계에 포함되면서 여러분은 모피에 대한 모든 것을 알게 된다. 모피에 대한 이 지식을 완성할 수 있도록 내가 한 부분을 마저 더해 보겠다.

우리의 네발 달린 친척들이 차디찬 북쪽 땅에 살게 되었을 때, 자연은 이 작은 형제들에게 더할 나위 없이 따뜻하고 가벼우며, 오래 가는 데다가, 보호색을 띠고, 추운 날씨에는 두껍고, 따뜻한 날씨에는 얇은 외투를 입혀 줘야만 했다. 자연은 이러한 조건을 생각해 모피를 만들어 주었는데, 이 모피는 보온을 위해 촘촘하게 털이 난 속 외투와 물에 젖거나 닳는 것에 대비한 길고 보드라우며 빛나는 겉 외투로 되어 있다. 북쪽에 사는 어떤 동물들은 구멍이나 몸의 지방층에 음식을 저장해 둘 수 있어, 가장 차가운 추위가 찾아와도 밖에 나갈 필요가 없다. 그렇지만 다른 동물들은 겨울 내내 날씨와 맞서야 하는데, 이런 동물의 모피 품질은 가히 최고이다. 담비와 북방여우가 여기에 속한다. 녀석들의 모피는 모든 동물들 중에서 가장 뛰어나고 따스하며, 가벼운 데다 보드랍다. 그런데 아름다움과 패션을 따져야 한다면 색깔이 가장 중요하다. 그래서 가장 멋지다고 꼽히는 것이 은빛 털에 연한 황갈색 빛이 도는 러시아산 검은담비 모피와 은빛 털에 반질반질 검은 빛이 도는, 북극 지방에 사는 은여우 모피다.

세상에서 가장 훌륭한 모피

그럼 은여우란 무엇일까? 간단하게 말하면 머리털이 붉은 집안에 갈색 머리털 아이가 태어난 것과 같은 흉측한 변종이

다. 그렇지만 이 때문에 어미나 아비 혈통에 불
명예가 되는 것은 아니다. 오히려 이런 변종이 태어
났다는 것은 어미와 아비 혈통 속에 있던 진기한 생장 요소가
모든 색소들을 독특할 만큼 강렬하게 만들어, 붉은 색을 검은
색으로 변화시키는 동시에, 비범한 생기와 곱디고운 짜임을 가
진, 간단하게 말해 세계적으로 유명한 은여우를 탄생시켰다는
뜻이다. 녀석의 털은 가장 가볍고 보드라우며 촘촘할 뿐만 아
니라 따뜻하면서, 모피 중에서도 가장 매끈매끈 빛나는 탓에
그 값어치가 천금을 줘도 못 미치긴 하지만, 한 가지 단점이 있
으니, 오래 입지 못한다는 점이다.

　털가죽은 추위에 드러나야 훌륭한 자극을 받기 때문에, 엄청
추운 날씨에서만 진짜 은여우가 나타나는 것도 놀랄 일은 아니
다. 옐로스톤 공원은 해발이 높아 겨울 기후가 북부 캐나다와
버금가는 터라, 마땅히 추측할 수 있겠지만, 적당히 장애물이
있는 이 지역에서 많이 서식하는 털이 붉거나 연노란 빛인 여
우들 가운데 은여우도 발견되고 있다.

　마차가 다니는 길로 오간다면 여우를 보거나 그 울음소리를
듣기가 어렵지만, 조용히 걸어서 여행한다거나, 더 좋은 방법
으로 야영을 하게 된다면, 노란빛을 띤 이 교활한 녀석을 곧 발
견하게 될, 아니 그보다, 녀석이 먼저 여러분을 발견할 것이다.
어떻게? 대개는 여러분이 밖에서 하룻밤을 나기 위해 머물 곳

을 준비한 다음 잠자리에 들기 전 모닥불가에 조용히 앉아 있을 때, 어둠침침한 산허리나 덤불에서 기이한 비명 소리가 들리고, 그 소리에 이어 토이 테리어 같은 개가 짖는 소리가 이어진다. 때로 이 소리는 띄엄띄엄 5분 동안이나 이어지면서, 비슷한 소리가 그 소리에 답을 하기도 한다. 이 소리가 바로 여우가 짖는 소리다. 여우 울음소리는 매우 짧고, 소란스러우며, 훨씬 높은 음인 데다, 꽤 큰 덩치의 개가 짖는 듯한 소리가 나지 않아, 코요테 소리와는 다르다. 여우 녀석을 쫓아가 보았자 아무 소용없다. 녀석을 보지 못할 것이기 때문이다. 그냥 자리에 앉아 진짜 여우 소리가 숲 사이로 울려 퍼지는 것을 즐기는 편이 낫다.

여러분이 다음 날 아침 모래와 진흙 속을 유심히 살펴본다면, 여우 발자국을 찾을 수도 있고, 이따금 황갈색을 띤 녀석이 거대한 꼬리를 돛 삼아 바람에 날려 가듯 초원을 어슬렁거리는 모습을 보게 될지도 모른다. 왜냐하면 이 녀석은 붉은여우 중에서도 꼬리가 큰 변종이기 때문이다.

그래도 여러분이 가장 멋진 여우의 모습을 보고 싶다면, 반드시 겨울에 이곳을 찾아와야 한다. 여우들은 눈이 깊게 쌓여 다른 먹을거리가 모두 끊기면 호텔 관리인들이 겨울 동안 날마다 던져 주는 음식 찌꺼기를 먹기 위해 호텔 주위로 찾아와, 까치나 열두 종류쯤 되는 다른 동물들과 함께 기다리면서 먹잇감

5. 붉은여우

을 차지하기 위해 싸움을 벌이기 때문이다.

1890년대 초반 공원 호텔 가운데 한 곳에서 일하던 친구가 내게 전해 주길, 어느 해 겨울, 그가 일하던 호텔을 찾아오던 이 꼬리 큰 하숙생들 가운데 멋진 은여우 한 마리가 나타났었단 다. 나도 이 여우에 대해 소문을 많이 들었다. 나는 녀석이 사라 져 버렸지만, 병에 걸리거나, 또는 나이가 많아서, 아니면 사나 운 야생 동물 때문에 죽은 것은 아니라는 이야기를 들었다. 지 금부터 내가 들은 내용을 각색해서 이야기해 보겠는데, 날짜뿐 만 아니라 등장인물과 장소, 이름은 모두 지어낸 것임을 부디 기억해 주길 바란다. 더욱이 내 소식통이 상세한 설명을 다른 이야기에서 따왔을지도 모른다. 여러분이 이 이야기에 대해 마 음껏 물음을 던질 수는 있지만, 이야기의 줄거리는 의심할 여 지 없는 사실이며, 공원에서 일하는 몇몇 안내원들이 내가 여 기에 기록할 마음이 없는 더 상세한 내용을 여러분에게 들려줄 수도 있다.

밀렵꾼과 은여우

어째서 사람들은 모두 밀렵꾼에 대해 은밀한 동정심을 품고 있는 것일까? 도둑이나 소매치기라면 가차 없는 경멸이 쏟아 진다. 틀림없는 범죄자이기 때문이다. 그렇지만 여러분도 알아차릴 수 있듯 이야기에 나오는 밀렵꾼은 대개 무모하게 덤벼드는 사람으로 그런 무모함을 보상할 만큼 됨됨이가 좋은 착한 사람이다. 이런, 훌륭한 시민이라고 말할 뻔했다. 생각건대, 밀렵꾼이란 직업은 도덕적 위험이나 육체적 손상의 위험에 익숙한 데다 활기 넘치면서도 낭만적인 성격을 띠는 것 같다. 사람들이 만든 법이 있음에도 불구하고 오래전부터 내려오는 "야생 사냥감은 누군가가 그것을 붙잡아 자기 것으로 삼기 전까지는 누구의 것도 아니다."란 법칙을 본능적으로 강하게 따르고 있기 때문으로 보인다. 이 법칙이 틀렸을 수도 있고 옳을 수도 있지만, 나는 인디언과 백인들이 이 법칙을 태곳적부터 내려온 법이라고 말하는 것을 한두 번 들어 본 적이 있는 데다, 그 법칙에 따라 일이 벌어지는 것도 수천 번 보았다.

그러니까, 조시 크리도 밀렵꾼이었다. 그렇다고 그가 매일 밤 법적으로 자신의 소유가 아닌 고기와 모피를 훔치기 위해, 극악한 수법에 필요한 도구를 챙겨 사냥에 나섰다는 말은 아니다. 그런 짓과는 거리가 멀다. 조시는 딱 한 번 밀렵을 했다. 그렇지만 그 한 번으로 충분했다. 그는 선을 딱 한 번 넘었고, 어떻게 된 일인지는 이제부터 들려주겠다.

여러분이 리빙스턴에서 가디너를 향해 옐로스톤 공원을 마차로 오르다 보면 마찻길 왼쪽으로 통나무로 지은 마구간과 가축우리, 관개수로와 시들시들한 녹색 빛을 띠는 알팔파 밭이

딸린 조그마한 집이 한 채 보일 것이다. 집이 조그마한 까닭은, 한 정직한 사내가 손으로 직접 지었기 때문인데, 그는 부인과 어린 아들을 데리고 펜실베이니아를 떠나, 대초원에서 맞닥뜨린 모든 어려움에 용감히 맞서, 1980년대 말 이 땅을 차지하게 되었다. 노인네 크리는—나이가 겨우 마흔 살밖에 되지 않았지만, 서부에서는 유부남이라면 모두 '노인네'다—벌채를 하거나 통나무를 물길로 내려보내는 일에서부터 통나무 등급을 매겨 노새로 운반하는 일까지, 정직하게 할 수 있는 거라면 모두 해 낼 준비가 되어 있었다. 크리는 튼튼하고 착실했고, 그의 부인도 마찬가지였다. 부부는 돈을 모아 조금씩 그 작은 집을 지어 나가고 필요한 것을 갖추었다. 부부는 소를 키우는 이웃 목장에서 자신들의 가축도 조금씩 키우다가, 마침내 그들만의 목장에서 살게 된 행복한 날이 찾아왔는데—아버지와 어머니 그리고 열네 살 된 조시는 목장 일로 소득을 올릴 생각에 가슴이 부풀어 올랐다. 처음으로 새하얀 식탁보를 깔았던 일은 정말로 경건한 종교의식과도 같아, 이 부지런한 사람들은 그들이 애쓴 모든 일에 복을 주신 하느님께 감사드렸다.

1년 후 새롭고 기쁜 일이 일어났다. 행복 넘치는 그들의 가정으로 자그마한 여자아이가 행복하게 들어섰고, 주위에 펼쳐진 초원은 모두 미소를 지었다. 분명 그 가정이 탄 배는 거친 파도를 멀찍이 벗어났다.

그렇지만 눈부신 햇살이 비추던 그 가정의 기쁨 위로 괴로움의 구름이 밀려오면서 하늘을 가려 버렸다. 어느 날 노인네 크리가 행방불명된 것이다. 크리의 아들이 꼬박 이틀 동안 목장 멀리까지 말을 몰아 한참을 다녀서야 풀을 뜯어 먹고 있는 조랑말 한 마리를 찾았는데, 소년은 근처 울퉁불퉁한 바위틈 아래에서, 다리가 부러지고 머리에 깊은 상처를 입은 채 거의 죽을 만큼 쇠약해져 있는 아버지를 발견했다.

　아버지는 서두르는 조시를 향해 '물'이라는 말만 헐떡거리며 내뱉었고, 소년은 모자에다 물을 담아 오려고 제일 가까운 개울로 급히 달려갔다.

　물을 마신 후 아버지가 정신을 잃는 바람에 두 사람이 아무 말도 주고받지 못해, 조시 홀로 그 상황을 헤쳐 나가야 했지만, 소년은 서부에서 단련된 몸이었다. 조시는 여분의 옷을 모두 벗고는, 아버지가 몰고 온 말 등에 깔려 있던 안장용 담요도 벗겨 낸 뒤, 다친 아버지의 몸을 바르게 펴 옷과 담요로 감싸고 나서, 가장 가까운 집을 향해 미친 듯이 말을 몰았다. 젊은 이웃 남자는 차를 끓일 주전자와 도끼 그리고 밧줄을 가지고 한걸음에 달려왔다. 그들이 살펴보니 크리 씨는 의식은 있어도 절망적인 상태였다. 먼저 불을 피운 다음 뜨거운 차를 끓여 크리 씨가 기운을 차리게 했다. 그런 다음 조시는 근처에 있던 나무에서 기다란 막대기 두 개를 잘라 내 인디언들의 방식대로 트래

보이 혹은 들것을 만들었는데, 위쪽 막대기의 두 끝은 말안장에다 단단히 묶고, 다른 쪽 두 끝은 땅에 끌리는 모양이었다. 그렇게 해서 한참을 느릿느릿 이동하여 부상자를 집으로 데리고 왔다. 아버지도 집으로 돌아가기만을 간절히 기도했다. 아픈 사람들은 누구나 집으로 돌아가기만 하면 모든 것이 곧 틀림없이 괜찮아질 것이라 믿는다. 어머니가 아기를 낳고 나서 아직 몸을 다 추스르지 못한 데다, 아기도 돌봐 줘야 할 것이 많았지만, 착한 소년이었던 조시는 아픈 아버지를 무엇보다도 사랑으로 간호했다. 포트 옐로스톤에 있던 군의관이 아버지의 부러진 다리를 이어 주자, 한 달 후에 뼈가 붙었지만, 힘이 전혀 없었다. 아버지는 기력을 찾지 못했다. 끔찍했던 이틀 동안의 충격이 여전히 그를 사로잡고 있었다. 두 달이나 흘렀는데도 아버지는 여전히 침대에 누워 있었다. 이제 불쌍한 조시가 가장이 되었고, 집 안팎으로 져야 할 책임에 조시의 몸과 영혼은 지쳐만 갔다.

그러다 보니 누군가의 도움이 절실했다. 그래서 잭 S라는 사람을 한 달에 40달러씩 주면서 농장 일을 하도록 고용했지만, 1년 동안 애쓴 보람도 없이 결국 존 크리 씨는 무덤에 눕게 되었고, 농장에 있던 소 떼도 거의 다 팔렸으며, 미망인과 아들에게는 대출원금이 500달러나 되는 집만 남겨졌다. 조시는 용감한 소년으로 나날이 튼튼해져갔지만 가족을 돌보아야 한다는 부

담에 소년답지 않게 수심이 깊었다. 그는 몇 마리 남아 있지도 않은 소마저 팔아 버린 다음, 어머니와 어린 여동생이 그럭저럭 먹고살 걱정은 하지 않고 살도록, 옐로스톤 공원에서 여름철마다 문을 여는 호텔에 야채를 내다 파는 농장 일을 구해 간신히 집안을 꾸려 나갔다. 얼마 지나지 않아 조시가 일을 더 잘하게 되긴 했어도, 이미 갚을 기한이 지난 10퍼센트 이자율의 대출원금을 메울 수는 없었다.

은행가는 냉정한 사람이 아니었으나, 사업을 하는 사람이었다. 그가 기한을 늘려 주고 이자 갚는 것을 계속해서 기다려 주었지만 원금만 더 불어난 꼴이 되어 결국 막다른 길에 이르면서, 조시에게 남은 최선의 방법은 은행가에게 저당 잡힌 집을 내주는 것밖에 없어 보였는데, 그렇게 되면 가장을 잃은 가정이 땡전 한 푼 없이 집까지 잃게 되는 꼴이었다.

겨울이 다가오는 바람에 일도 뜸해져, 조시는 집에 벌어 올 것이 뭐가 있나 알아보기 위해 가디너로 갔다. 소년은 발을 접질린 공원 우편배달부를 '대신해' 일할 기회가 있다는 것을 알아냈다. 포트 옐로스톤까지 쉽게 찾아간 소년은 편지와 소포를 챙겨 캐니언 호텔까지 배달해 달라는 요구에 기꺼이 동의했다. 그리하여 189x년 11월 20일, 키도 크고 혈색도 좋은 열여섯 살난 조시가 눈을 뚫고 나아가 캐니언 호텔 주방 문 앞까지 이르자 거기서는 산타클로스라도 찾아온 듯 반겨 주었다.

구경꾼 중에는 나무 위에 앉아 있던 까치 두 마리도 있었다. 공원에 사는 곰들은 겨울잠을 자러 굴에 들어갔지만, 다른 털짐승들이 주위를 어슬렁거리고 있었다. 높게 장작더미를 쌓아 둔 꼭대기에는 멋진 털옷을 입고 있는 노란빛의 붉은여우가 있었다. 호텔 앞에도 또 한 마리가 있었는데, 어떤 날에는 열두 마리나 찾아온다고 호텔 관리인이 말했다. 그가 덧붙여 말하길, 때론 아주 멋진 은여우도 찾아오는데, 다른 녀석들보다 덩치도 훨씬 큰 데다, 털은 석탄처럼 시커멓고, 눈은 노란 다이아몬드 빛깔을 띠며, 그 칠흑 같은 털이 작은 별처럼 반짝이면서 은빛으로 윤이 난다고 했다.

"아! 녀석은 정말 아름다워. 그 털가죽이라면 옐로스톤에서 최고로 좋은 노새 한 쌍을 살 수 있을걸." 은여우에 대한 흥미로운 이야깃거리는 한동안 계속 이어졌다. 아침이 되어 자리에서 일어난 사람들이 촛불을 밝혀 아침식사를 하고 있는데, 호텔 관리인이 창밖을 흘끔 쳐다보더니 "여기 녀석이 왔어!"라고 소리를 질렀다. 조시가 자세히 살펴보니, 종종 들어 보긴 했지만 단 한 번도 본 적이 없는, 덩치가 크고 숯처럼 새까만 여우가 떠오르는 햇빛 속에서 눈에 들어왔다. 녀석의 윤이 나는 털은 너무나 매끈하고 우아했으며, 다리는 정말 호리호리한 데다, 꼬리는 터무니없을 만큼 텁수룩했는데, 이 귀족 같은 녀석이 요리사가 던져 주는 음식을 잡아채기 위해 성급

60

히 달려들자 다른 여우들이 옆으로 비켜났다.

"정말 아름답지 않냐?" 호텔 관리인이 말했다. "내 장담하건대 저 털가죽은 500달러는 나간다."

아, 왜 그 사내는 한 치의 오차도 없이 "500달러"라고 말해, 조시 크리의 마음속에 악마가 들어오게 했을까. 500달러라니! 딱 대출원금 액수였다. "야생 짐승은 누구 거냐? 잡는 사람이 임자다."라고 악마가 속삭였고, 포트 옐로스톤으로 돌아오는 조시의 마음속에 그 생각은 생생하게 살아 있었다.

가디너에서 조시는 3일간 일한 값으로 6달러를 받아 먹을거리를 산 다음 이제 곧 잃게 될 자신의 초라한 집을 향해 말을 타고 가는 길 내내 힘들고 음울한 생각에 빠져 있었다. 조시는 손잡이에 구슬이 달리고 밑동 쪽에는 엘크 이빨을 매단 생가죽과 말총을 땋아 늘인, 인디언이 만든 채찍을 손목에 끼고 있었다. 이 채찍은 조시가 아끼는 물건이자 '효력 있는 부적'으로, 중간에 달린 평평한 엘크 이빨에는 구멍이 뚫려 있어 그 사이로 보면 먼 곳의 풍경도 훨씬 또렷이 보였다. 그것이 잘 알려진 방법이자 옛날부터 내려온 수법이라 사람들은 채찍을 진기한 물건이라며 부러워했고, 누가 아무리 좋은 값을 불러도 조시는 그것을 팔지 않았다. 그때 조시 앞에 누군가가 보여 더 가까이 다가가니, 친구 잭 데이가 22구경 라이플총을 들고 걸어오고 있었다. 그런데 사냥감이 귀한 탓에 잭은 화가 난 채 빈손으로 가디너로 돌아오는 길이었다. 두 사람이 멈춰 서서 인사를 나누다가 데이가 이렇게 말했다. "이제 사냥철도 끝났어. 내 총이랑 네 채찍을 바꾸는 거 어때?" 한 달 전이었다면 그 제안에 조시가 코웃음을 쳤을 것이다. 10달러짜리 채찍을 5달러짜리 라이플총과 바꾸다니. 하지만 조시는 이렇게 짤막하게 대답했다. "총집도 더해, 필요한 도구와 총알까지 모두 준다면 바꿀게." 그리하여 거래는 이루어졌고, 한 시간 후 조시는 집에 이르렀다. 소년은 마지막 남은 말 그리즐을 마구간에 넣은 후, 집에 들어갔다.

사랑과 슬픔이 깃들어 있던 과부의 집에 조시가 돌아오자 기쁨이 솟아났다. 어머니는 늘 먹는 차, 감자 그리고 소금에 절인 돼지고기를 식사로 준비했다. 그들에게도 통조림 제품을 먹었던 때가 있었지만 이제 그 부유한 시절은 가고 없다. 조시는 갓난아기 여동생을 무릎에 앉히고 어르면서 캐니언 호텔까지 다녀온 이야기를 하다가, 중요한 소식 두 가지를 알게 되었다. 은행이 2월에는 돈을 꼭 받으려 한다는 것과, 가디너에 있는 마구간에서 쿡 시티 역까지 말을 몰고 갈 마부를 구한다는 소식이었다. 그렇게 해서 이 사소한 일들은 빠르게 진행되었다. 캐니언으로 다시 돌아가겠다고 조시가 반쯤 세워 놓은 계획은 이제 새로운 문이 열리면서 수포로 돌아갔을 뿐만 아니라, 누군가가 "캐니언에 나타났던 때 이후로 그 은여

우가 보이지 않더라."고 무심코 던진 말에 희망마저
꺾여 버렸다.

그리하여 며칠을 말을 몰고 눈 사이를 헤쳐 나가야
하는 따분한 일이 시작되었는데, 얀시에서 정오에 멈췄다가, 3
일 후에 살을 에는 듯한 추위를 뚫고 돌아오는 일정이었다. 일
을 하는 것만으로도 몸이 얼어붙을 만큼 추웠지만, 2월 1일이
되면 집이 없어진다는 생각이 차갑게 떠오르자, 조시는 누구보
다 추위에 떨어야만 했다.

조시는 이따금 에바츠 산 비탈에서 작은 무리를 이룬 산양
떼와 검은꼬리사슴도 몇 마리 보았다. 나중에 겨울이 더 깊어
지자 거대한 엘크 수놈들이 길을 따라 보이기도 했다. 녀석들
은 가끔 조시가 간신히 지나갈 정도로 몇 걸음밖에 움직이지
않았다. 매일 이런 일이 조시에게 일어나다가, 마차를 몰기 시
작한 지 2주째 되던 주에 깜짝 놀랄 일이 벌어졌다. 조시가 얀
시 뒤쪽에 자리 잡은 긴 언덕을 타고 내려오는데, 조시의 눈에
커다란 검은 고양이처럼 털이 검게 빛나면서 특이할 정도로 코
가 길고 날렵한 데다 노란색 눈을 한 녀석이 꼬리를 땅에 대고
앉아 있는 모습이 들어왔다. 분명 굉장한 은여우였다! 아마도
조시가 캐니언에서 본 바로 그 여우일지도 모르는 것이, 조시
가 보았던 녀석이 사라진 데다, 공원 안에 은여우가 두 마리나
있을 것 같지는 않았기 때문이다. 그 녀석일 거란 생각에 조시

의 가슴은 복잡한 감정으로 들끓어 올랐다. 왜 그 조그만 라이플총을 챙기지 않았을까? 왜 생각하지도 못했을까? 온갖 생각이 들면서 말이다. 500달러! 정말 소중한 기회였는데! 환한 대낮에 겨우 20미터 거리였는데! 그 기회가 사라지다니!

조시가 계속 마차를 몰고 가는 동안에도 여우는 그 자리에 가만히 있었다. 다음번에는 조시가 그 조그만 라이플총을 챙겨 왔다. 조시는 필요할 경우 외투에 총을 쉽게 숨기기 위해 총의 개머리판을 톱으로 잘라냈다. 소년이 총을 가지고 있다는 것을 아무도 몰랐지만, 여우들은 알고 있는 듯 보였다. 붉은여우들은 멀찌감치 떨어져 있었고 은여우는 아예 나오지도 않았다. 매일매일 조시는 마차를 몰면서 녀석이 나타나기를 바랐지만, 그 검은 여우는 자신의 몸값에 버금갈 만큼 머리가 비상했다. 녀석은 밖으로 나다니지 않았고, 설사 나왔다 해도 교묘하게 몸을 숨겼다. 한 달이 훌쩍 지나가 버리더니, 그 차가운 눈의 달도 거의 다 지나 월말이 되어서야 조시는 나이 많은 얀시 사람이 "지난주 내내 마구간 주위로 은여우 한 마리가 어슬렁거렸단다. 적어도 데이브는 자기가 그놈을 봤다고 하는구나."라고 말하는 것을 들었다. 난로 주위에는 공원 내 사냥감을 지키는 군인 몇 명과, 그들보다 더 조시가 조심해야 하는, 안내와 정찰 역할을 하는 산사람이 한 명 앉아 있었다. 조시는 꿈쩍도 하지 않고, 그 말에 아무런 대답도 하지 않았지만, 심장이 펄떡펄

떡 뛰었다. 30분 뒤, 조시가 말에게 잠자리용 짚을 깔아 주기 위해 나갔다가 마구간 주위를 자세히 둘러보니, 조용히 몸을 틀어 어둠 속으로 빨려 들어가는 그림자 두 개가 보였다.

군인들이 말에게 잠자리용 짚을 깔아주려고 나오자, 조시는 난롯가로 돌아갔다. 조시가 벗어 놓은 커다란 외투는 기다란 주머니 속에 톱으로 잘라 낸 조그만 라이플총을 담은 채 벽에 걸려 있었다. 소년은 군인들이 한 명 한 명 사다리를 타고 침실로 올라갈 때까지 기다렸다. 조시가 다시 자리에서 일어나, 등불을 집어 들어 불을 밝히고, 외롭게 서 있는 마구간 뒤로 등불을 들고 나갔다. 말들은 건초를 먹고 있었고, 별들은 희미한 빛으로 눈을 밝히고 있었다. 조시는 등불을 처마에 걸었는데, 주위에 아무것도 없던 터라 탁 트인 계곡에서는 등불이 보여도, 집 안에서는 볼 수 없었다.

조시가 다락에 쌓인 건초 더미에 누워 있으니 여우가 얍-야 우는 소리가 소나무 우거진 산허리에서 희미하게 들려왔지만 눈 위로는 전혀 살아 움직이는 것의 흔적이 없었다. 조시는 필요하다면 밤새도록 기다릴 작정으로 계속 기다렸다. 등불이 짐승을 꾀어 들이거나 겁주어 쫓아 버릴 수 있다 해도, 너무 캄캄한 터라 불을 밝힐 수밖에 없었는데, 등불은 아래에 쌓인 눈을 희미한 노란빛으로 물들였다. 한 시간쯤 지나자, 꼬리가 커다란 물체가 가까이 오더니 등불을 향해 작은 소리로 짖었다. 녀

6. 다툼질하는 여우들

석은 아주 거무스름해 보였지만, 목 주위로 옅은 반점이 나 있
었다. 이렇게 기다리고 있으려니 소름이 끼칠 만큼 추워, 조시
는 외투를 입고 있었어도 이가 딱딱 부딪혔다. 회색 물체가 또
하나 다가오더니, 몸집이 훨씬 더 큰 검은색 여우가 하얀 눈 위
로 그 모습을 드러냈다. 녀석이 첫 번째 놈에게 돌진하자 첫 번
째 놈은 도망을 쳐 버렸고, 덩치 큰 그 두 번째 녀석이 뒤를 따
르더니 그것도 잠시, 눈 위에 앉아 환한 빛을 쳐다보았다. 우
리는 확신이 들 경우, 아주 자신만만해진다. 조시도 이제 녀석
을 알아보고, 자신이 그 은여우와 마주하고 있다는 것을 확신
했다. 하지만 등불 빛이 희미했다. 조시가 맨손을 입으로 가져
가 손등을 입술에 대고 빨면서 쥐가 찍찍 우는 소리를 내려고
하니 손이 부들부들 떨렸다. 그래도 효과는 금방 나타났다. 여
우는 사냥에 나선 고양이처럼 집중한 채 앞으로 미끄러지듯 다
가왔다. 또다시 녀석이 멈췄는데, 아! 그 모습이 얼마나 아름답
던지, 조각상처럼 가만히 서서는, 숨어 있는 자고새마냥 얼어
붙은 채, 혼자 떨어진 5월의 새끼 영양처럼 꿈쩍도 하지 않았
다. 그러자 조시가 그 치명적인 총을 들어 올렸다. 당연한 일이
다, 이 순간만을 기다려 왔으니 말이다. 등불은 20미터 떨어진
여우의 얼굴에서 타오르고 있었는데, 불빛이 여우의 빛나는 두
눈 속에서 하나씩 일렁거렸다. 불빛은 정말 환하게 타오르는
듯 보였다. 조시가 총을 일직선으로 들고 겨냥하자, 이상한 이

야기지만, 그렇게도 잘 보이던 시야가 갑자기 흐려지면서, 뒤쥐가 뿌리를 갉아 먹고 있는 사탕수수 줄기마냥 총이 흔들렸다. 조시는 끙 하는 소리를 내며 총을 내리더니, 형편없이 떨고 있던 자신의 손을 향해 욕을 퍼부었고, 그 경이로운 여우는 눈 깜짝할 사이에 자취를 감추었다.

불쌍한 조시! 소년은 입이 험하지 않았지만, 이제껏 들어 보았던 모든 상스러운 말을 다 내뱉었다. 역시 소년도 서부에서 자란 사람다웠다. 그러다 소년은 자기 자신에게 대들었다. "여우가 다시 돌아올지도 모른다고!" 불현듯 무언가가 떠올랐다. 조시는 흔하게 쓰는 성냥 한 개비를 꺼냈다. 그것을 입술에 대고 적셔 총구의 가늠쇠에다 문질렀다. 그런 다음 약실의 가늠쇠 위로 난 새김눈 양쪽으로도 문질렀다. 소년은 나무를 향해 총을 조준했다. 됐다! 틀림없어! 그저 시커멓고 흐릿하게만 보이던 나무가 이제 또렷이 보였다.

먼 산허리에서 희미하게 짖는 소리가 들리는 것을 보니 여우가 다가오고 있거나 멀어지고 있을 터였다. 조시는 5분간 기다리다가, 다시 맨손에 입술을 대고 찍찍거리는 소리를 내 보았다. 효과는 너무나도 놀라워 마구간 벽 아래로 10미터 떨어진 곳에서 그 커다란 검은 여우가 뛰어 올라왔다. 열다섯 걸음 떨어진 곳에서 녀석이 멈췄다. 녀석의 노란 두 눈이 불빛을 받으며 타올랐고 라이플총 가늠쇠에 점점이 문질러 놓은 성냥 유황은 일렬로 빛이 났다. 날카로운 총성이 들리자, 검은 털옷을 입은 여우가 소리 없이 눈 위로 축 늘어졌다.

옐로스톤은 겨울밤마다 맹렬한 서리 탓에 생나무가 큰 소리로 쩍쩍 쪼개져 나가는데, 그 와중에 작은 라이플총에서 찰칵하고 난 소리를 알아들을 사람이 누가 있을까? 여행에 지치고 사나운 날씨에 고생하는 여행자들이 귀에 익숙한 소리가 조그맣게 들릴 때마다 잠에서 깨어나야만 할까? 알 사람이 누가 있을까? 신경 쓸 사람이 누가 있을까?

그러니 멀리 떨어진 리빙스턴에 사는 모피 장사라고 신경을 썼겠는가? 굉장한 은여우 털을 구했는데. 은행가가 신경을 썼을까? 빌려준 500달러를 받았는데. 그리고 조시의 어머니도 인디언들의 믿음을 쉽게 받아들이게 되었다. "야생 동물은 누구 것인가? 그것을 죽이는 사람 것이다."

"이 일이 어떻게 일어났는지는 몰라요." 어머니가 말했다. "내가 기도하고 믿은 대로 일어났다는 것을 알 뿐이죠."

우리는 그 일이 가장 중요한 순간에 일어났다는 것을 안다. 집은 안전해졌다. 이 사건은 그 가정에 흐르던 운명을 바꾸어 놓았다. 그 변화에서 결정적이었던 순간은 세 군데에 발라 놓은 유황이 환하게 빛나면서 은여우의 얼굴 위로 살아 불타오르던 등불과 일렬로 맞춰진 바로 그때였다. 그랬다! 조시는 밀렵꾼이었다. 딱 한 번 말이다.

벨벳을 입은 악당, 담비

미국흑담비라는 이 아름다운 동물은 풍성한 갈색 털에 목 주위가 황금빛으로, 당연히 은여우 다음가는 자리를 차지하는데, 두 동물이 가진 털에 대한 상대적 가치가 그렇기 때문이다.

여우는 조그마한 들개고 담비는 나무를 타는 커다란 족제비라 할 수 있다. 이 동물은 놀랄 만큼 민첩해서 나무 꼭대기 위에서도 붉은 날다람쥐를 쉽게 쫓아가 잡는다. 먹이로는 주로 쥐와 다람쥐를 잡아먹지만, 찾을 수만 있다면 토끼와 뇌조도 잡아먹고, 때로는 훨씬 더 커다란 먹잇감도 잡아 실컷 배불리 먹기도 한다.

톰 뉴컴이라고 오래전부터 내게 길을 알려 주던 안내원이 담비에 관해 적어 놓은 흥미로운 기록을 주었는데, 그가 쇼쇼니 산에서 사냥 안내원으로 활동할 때 기록해 둔 것이었다.

1911년 10월, 톰은 드 엡센 남작 일행과 함께 엘로스톤 공원 동쪽을 흐르는 밀러 크릭으로 사냥을 나갔다. 그들은 사슴 한 마리를 쏘았다. 사슴은 전혀 다치지 않은 것처럼 도망쳤지만, 알고 보니 내리막길로 내달린 것이었고, 눈 위에는 녀석이 뿜어 낸 피가 양쪽으로 떨어져 있었다. 그 사람들이 250, 350미

터 정도 뒤따라가니 사슴이 지나간 흔적 위로 담비 다섯 마리도 뒤따르고 있었다. 몇 분 뒤, 그들은 사슴이 쓰러져 있는 것과 가족으로 보이는 담비 다섯 마리가 가까운 나무로 쏜살같이 내빼는 것을 보았다. 담비 녀석들은 곧 고기를 배불리 먹을 생각에 놈들만의 특이한 소리로 나지막이 그르렁거렸지만, 녀석들이 고대하던 만찬은 사냥꾼들이 다가오는 바람에 늦춰졌다. 담비가 커다란 사냥감을 잡은 사냥꾼들과 그 몫을 나누려 꾀하는 모습은 자주 볼 수 있다.

부지런한 비버

몇 가지 면에서 비버는 서부에 사는 동물 중 가장 주목할 만하다. 비버 가죽을 얻기 위해 로키 산맥을 탐사하는 모험이 시작되었고, 미국과 캐나다 북서부 모든 지역이 개척되었다. 오늘날에도 밀렵꾼들이 주로 비버를 잡기 위해 옐로스톤 공원을 들락거리지만, 무엇보다도 비버라는 동물은 일을 통해 자신이 얼마나 지혜로운지 분명히 보여 준다. 녀석의 뛰어난 건축물 대부분은 사람이 세운 건축물을 앞지르며, 두 손으로 사려 깊게 일하는 모습은 우리를 깜짝 놀라게 할 정도다. 한때는 비버가 해내는 일과 그 지혜가 너무나 새롭고 믿을 수 없을 만큼 경이로워 사람들은 이 털옷 입은 기술자에게 초인적인 지능이 있

7. 비버 (a) 연못과 집 (b) 1897년 얀시 인근에서 비버가 잘라 버린 나무 그루터기

다고 믿었다. 그러다 그 믿음을 비웃는 사람들이 나타나 비버를 녀석과 가까운 친족처럼 하등한 동물로 격하시키면서, 비버가 이런저런 일을 한다는 이야기는 단순한 동화에 불과하다고 설명했다. 이제야 우리는 이 두 입장 사이 중간으로 돌아왔다. 우리는 비버가 친족 동물들이 가진 지혜보다 훨씬 뛰어난 지혜를 가진 동물이자, 댐과 집을 비롯한 여러 가지를 짓는 데 비범한 본능을 타고났다는 것을 아는데, 동물 세계에서는 비버가 지닌 이 본능과 견줄 만한 것이 없을 정도다. 이제 비버가 심사숙고해서 짓는 주요 건축물에 대해 알아보자. 우선은 비버가 사는 굴이다. 비버야말로 강화 콘크리트를 발명한 원조다. 녀석은 수백만 년 동안 굴과 댐을 짓기 위해 진흙에다 막대기와 돌을 섞어 사용했다. 굴은 비버 가족이 사는 집으로, 대부분 수컷 한 마리와 암컷 한 마리 그리고 새끼 몇 마리의 보금자리이다. 겉에서 보면 보통 그 폭이 5~6미터, 높이가 1~1.5미터 정도다. 안에는 높이 약 60센티미터에 폭 2미터인 방이 물 위로 쏙 올라와 있고, 지붕에는 환기창도 갖추어져 있으며, 물 밑으로 입구가 두 개 나 있다. 하나는 평상시 드나들 때 사용하기 위해 구불구불하고, 다른 하나는 나무를 가지고 들어오기 위해 곧게 나 있는데, 비버는 이 나무껍질을 주식으로 먹는다. 비버는 항상 집 안을 더할 나위 없이 말쑥하게 정돈하기 때문에, 나뭇가지에서 먹을 만한 부분을 모두 벗겨 내어 먹고 나면, 그것

을 밖으로 꺼내 흐르는 개울을 가로질러 진흙과 나뭇가지로 쌓
아 올린 굽은 모양의 둑처럼 생긴 댐을 만드는 데 쓴다. 댐에 가
득 찬 물은 비버 성을 해자처럼 두른다.

그런데 운하도 이 동물이 짓는 흥미로운 건축물이다. 운하는
먹잇감인 통나무를 끌어오기 위해 화물용으로만 쓰이고, 나무
가 서 있는 쪽을 향해 평평한 땅을 가로질러 파낸다.

운하는 보통 100~120미터 정도 길이에, 폭이 약 1미터, 깊
이가 0.5미터다. 1897년 얀시에 있었던 운하는 작은 규모이긴
했어도 훌륭한 본보기였는데, 길이가 20미터 정도밖에 되지
않았다. 나는 뉴욕 주 애디론댁스 산맥에서 이제껏 본 비버 운
하 중 가장 긴 것을 보았다. 그 운하는 길이가 200미터로 여기
저기 굽이를 돌아 이어졌고, 폭은 0.5~1미터, 깊이는 0.5미터
였다.

다른 비버 건축물 세 가지를 더 짚고 넘어가야 한다. 하나는
독 또는 물속으로 빠지는 웅덩이로, 가파른 둑을 높이 쌓아 올
려 그 깊이가 깊고, 손으로 꼼꼼하게 만든다. 다음은 햇볕을 쬐
는 곳으로, 보통 개밋둑을 사용하는데, 비버가 그 위로 누워 일
광욕을 즐기고 있으면 개미들이 비버 털 속에 기어 다니는 벌
레를 잡아 낸다. 세 번째는 진흙 파이다. 이것은 캐스터라 불리
는 비버 냄새 분비샘에서 나온 소량의 분비물이 진흙 덩이와
약간 섞인 것이다. 진흙 파이는 방명록 역할을 해서 이 냄새를

맡은 비버라면 모두 최근에 누가 다녀갔는지 알 수 있다.

비버의 주식, 아니 적어도 녀석이 제일 좋아하는 먹이는 사시나무라 불리는 포플러로, 포플러가 없는 곳에는 비버도 살지 않는다.

댐

비버들은 보통 맞은편으로 포플러 숲이 우거져 있는 개울에 댐을 짓기 시작한다. 나무를 모두 잘라 내 껍질을 먹이로 먹어 치우고 나면 그 개울에 두 번째 댐을 짓는데, 항상 안전을 위해 물이 깊고 근처에 포플러가 있는 곳에 짓는다. 나는 1897년 얀시에서 비버들이 이런 방식으로 댐 13개를 연달아 지어 놓은 것을 발견했다. 하지만 1912년 내가 그곳을 다시 조사해 보니, 댐은 모두 부서졌고 연못은 모두 말라 있었다. 왜냐고? 답은 아주 간단하다. 비버들이 먹이를 모두 먹어 치웠기 때문이다. 작게 우거진 포플러 숲이 있던 곳에는 이제 나무 그루터기만 남아 있었고, 비버들은 다른 곳으로 이사를 가 버렸다.

이와 비슷하게 1897년 옐로스톤 공원엔 가장 큰 비버 연못이 옵시디언 클리프에 있었다. 내가 분명히 말하지만 그곳 댐은 길이가 370미터 이상이었다. 하지만 이제 댐은 부서졌고 연못은 말랐다. 그 이유는 역시 앞의 경우와 마찬가지로, 비버들이

Beaver using his
Tail as a Trowel

먹이를 모두 먹어 치우고 다른 곳으로 이사를 가 버렸기 때문이다. 물론 비버들이 지어 놓은 댐은 열심히 일하던 녀석들이 댐을 잘 관리하려고 한시도 쉬지 않고 불침번을 서다가 그만둬 버리면 곧 부서진다.

지금은 얀시 근처에 훌륭한 비버 연못이 많이 생겨났는데, 아마 내가 조사했던 그 비버 녀석들이 만들어 놓은 연못이리라.

나는 지난 9월에 엘로스톤 호 남동쪽에서 훌륭하게 지어 놓은 여러 댐과 댐 일꾼들을 찾아냈는데, 이곳으로 여러분들이 사진을 찍으러 간다면 분명 비버 사진을 찍을 수 있을 것이다. 물론, 환한 대낮에 말이다.

그럼 이제 비버에 대한 흔한 오해 몇 가지를 좀 고쳐 보겠다.

비버는 자신의 꼬리를 흙손처럼 사용하지 않는다.

비버는 댐을 지을 때 커다란 통나무를 사용하지 않는다.

비버는 말뚝을 박지 않고 그렇게 하지도 못한다.

비버는 어느 방향으로든 나무를 던지지 못한다.

비버는 굴의 바깥을 나뭇가지로 마감한다. 진흙이 아니라.

수달과 미그럼틀

꼬마 시절 얼음 덮인 언덕 아래로 단 한 번이라도 멋진 붉은색 썰매를 타고 울퉁불퉁 신나게 내려와 본 사람이라면 누구나 수달에 대해 형제 같다는 느낌을 받을 것이다.

넓게 보면 이 아름다운 동물이 족제비과에 속하기는 해도, 먹이를 산 채로 잡아먹는 녀석들 중 가장 명랑하고 좋은 성격에, 잔인하지 않은 동물로 발달했다. 그 까닭은 상당 부분 물고기만을 한결같이 잡아먹는 수달의 습성 때문일 수 있다. 이러한 이유에 대한 분명한 지식 없이도, 관찰해 보면 물고기를 잡아먹는 녀석들이 사냥을 하는 녀석들보다 더 온순하다는 것을 알 수 있고, 족제비과 친척들 가운데서는 수달이 그 좋은 예다.

살펴보면 동물들도 사람과 거의 똑같은 단계를 거친다. 우선, 먹잇감을 구하기 위해 애쓰고, 그다음에는 짝을 구하며, 나중에 이 두 가지에 대한 걱정거리가 없어지면, 재밋거리를 찾아 나선다. 우리가 아는 동물 중 상당히 많은 수가 놀이거리를 발명해 냈다. 대부분은 단순한 술래잡기나 몸싸움이지만, 어떤 놀이는 거기서 더 나아가 만나서 놀 장소와 필요한 도구도 갖출 만큼 잘 짜여 있다. 이런 놀이는 동물들이 하는 놀이 중 가장 발달된 형태로, 그런 놀이 가운데 제일 좋은 예를 이 명랑한 수달에게서 찾아볼 수 있다. 미끄럼 타기는 수달 사이에서 자리 잡은 놀이로, 아마 수달이라면 거의 모든 녀석들이 뻔질나게 미끄럼을 탄다. 경사를 타고 미끄러져 내려와 깊은 물속으로 빠질 수 있는 가파른 언덕이나 둑을 미끄럼틀로 사용한다. 이 언덕이나 둑은 수달들이 자주 미끄럼을 타기에 안성맞춤으로, 반질반질한 활강로가 될 정도로 닳게 되면 빠르게 내려오게 하는 윤활제 역할을 하는 눈이 쌓이거나 얼음이 얼 경우 특히 쓸모 있는 미끄럼틀이 된다. 그리고 수달들은 나이가 많건 적건, 수컷이건 암컷이건, 아무 다른 생각 없이 오직 같이 즐겁게 논다는 생각으로 이곳에 모여 한 마리 한 마리 쏜살같이 미끄럼을 탄다. 자꾸 미끄럼을 탈수록 비탈이 반반해지는 까닭에 더 빠르게 내려가 물속으로 텀벙 빠진 다음 밖으로 다시 나와서는, 동물들이 기쁠 때 내는 헐떡거리는 소리를 작게 내면서 서로서로를 뒤쫓아, 남들보다 더 많이 그리고 더 빨리 미끄러져 내려가기 위해 한 마리 한 마리 모두 열심히 논다. 그런데 이 매력적인 장면, 즉 수달 무리와 녀석들이 하는 즐거운 놀이는 모두 폭력이나 수고를 들이지 않고도 즐겁고 신나게 공간을 재빨리 질주하면서 얻을 수 있는, 함께하는 소박한 사회적 기쁨을 누리기 위한 것이다. 사실 여러분과 나도 바로 이와 똑같은 이유 때문에 어린 시절 언덕에서 미끄럼을 타고 내려왔다.

여러분이 호수 주위를 둘러볼 때는 수달 미끄럼틀을 보여 주는 안내원을 꼭 구하길 바란다. 어떤 미끄럼틀은 상태가 좋고 어떤 것은 나쁘다. 가장 좋은 미끄럼틀은 눈이 온 다음에야 보

이긴 해도, 여러분 두 눈으로 미끄럼틀을 볼 수 있을 것이고, 혹
시 운이 아주 좋고 참을성도 아주 많다면 이 명랑한 녀석들이
우리가 하던 놀이와 아주 비슷한 놀이에 푹 빠져 있는 모습을
목격하는 상을 받게 될지도 모른다.

4

뿔과 발굽 그리고 빠른 다리

높이 뛰는 검은꼬리사슴

110년 전 루이스와 클라크가 미주리 강 상류로 탐험해 나간 유명한 여행(메리웨더 루이스와 윌리엄 클라크의 지휘로 1804년부터 1806년까지 미국 서부를 가로질러 태평양 연안까지 1만 2천 킬로미터를 왕복한 서부 원정 여행. 대륙 국가 미국의 초석을 닦음—옮긴이)에서 다코타에 있는 빅 수 강에 도달한 그들은 강이 시작되는 가장자리에서 노새사슴을 만났고, 이 새로운 종을 수집 목록에 더했다.

노새사슴은 멕시코에서 브리티시컬럼비아까지, 캘리포니아에서 마니토바까지 이르는 황량한 지역에 사는 독특한 사슴으로, 옐로스톤 보호구역에서 흔하게 관찰할 수 있는 종 가운데 하나다.

가디너에서 출발하여 기록에서 찾아볼 수 있는 한 아주 먼 옛날부터 물수리가 해마다 둥지를 트는 거대한 탑같이 솟아 있는 이글 록을 지나 매머드 온천 호텔 앞에 펼쳐진 빈터에 들어서게 되면, 누구나 거의 틀림없이 풀밭을 가로질러 어슬렁거리고 있거나 진정 야생 동물만이 보여 주는 꾸밈없이 우아한 모습으로 서 있는 사슴 가족과 마주치게 된다. 이들은 가을이 되면 이 풀밭이나 그 주위로 모여드는 수백 마리 사슴을 대표하는 녀석들로, 지금은 여름철을 맞이해 근처 언덕으로 흩어져 있지만, 수북하게 쌓인 눈이 녀석들에게 겨울을 날 곳을 찾아보라고 주의를 주는 즉시, 사슴들은 수가 더 불어난 채로 이곳으로 틀림없이 다시 찾아들 것이다.

다른 동물들과 마찬가지로 이 사슴들도 토박이 동물인 데다 틀림없는 야생 동물이지만, 오래도록 아무런 방해 없이 지내면서 길들여져 사람들이 몇 미터 근방까지 쉽게 다가갈 수 있다.

사진을 찍고자 한다면 이 기회를 놓쳐선 안 되는데, 사슴들이 아름다운 야생 동물일 뿐만 아니라, 호텔에서 밤새 현상한 필름을 보면 카메라가 새로운 주변 환경과 햇빛 속에서 어떻게 반응하는지도 알 수 있기 때문이다.

이 사슴은 낮은 야산 지대에서 흔하게 볼 수 있

84

8. 노새사슴

(a)

(b)

9. 포트 옐로스톤 근처의 노새사슴 무리

는 검은꼬리사슴으로, 커다란 귀와 꼬리 모양 때문에 노새사슴이라 불리기도 한다. 내가 캐나다에 있을 때는 걸음걸이 때문에 '뛰어넘기사슴'으로 알려진 사슴이 로키 산맥에서는 '높이 뛰는 검은꼬리'라 널리 알려져 있는데, '높이 뛰는'이 붙은 까닭은 사슴이 뻣뻣한 네 다리로 땅을 박차고 나가 별 어려움 없이 공중으로 솟구친 다음 3~5미터 정도 떨어진 곳으로 굉장히 멋지게 착지하기 때문이다. 사냥꾼들 말에 따르면 "검은꼬리는 땅의 높은 곳으로만 다닌다". 검은꼬리사슴이 평평한 곳에서는 영양이나 흰꼬리사슴만큼 잘 달리지 못하기 때문에, 나는 종종 친척 사슴들이 뛰는 속도보다 처지는데도 왜 이렇게 힘든 방식으로 검은꼬리사슴이 달리는지 궁금했다. 하지만 마침내 이 수수께끼를 설명해 준 사건을 내 눈으로 직접 목격하게 되었다.

어미 검은꼬리가 목숨을 내걸고 달리다

1897년 가을, 나는 노스다코타 주 메도라 근처 배드랜즈에서 이튼 씨네 아들들과 함께 늑대 사냥에 나섰다. 우리가 끌고 나간 개들은 추적하는 녀석, 모는 녀석, 싸우는 녀석들이 잘 섞여 있었다. 모는 일을 맡은 순혈종 그레이하운드들은 평원에서 네 발 달린 동물이라면 어떤 것이든 잡을 수 있었으나, 내가 본 바에 따르면 수컷 영양만큼은 유독 잡지 못했다. 하지만 늑대나 심지어 재빠른 코요테라도 그레이하운드들의 눈에 잡히는 한 녀석들을 벗어날 수 없었다. 우리는 평원에 사는 이 노래꾼들 중 한 마리를 뒤쫓기 시작했다. 처음에는 자신의 다리를 믿고 멀찌감치 내빼던 녀석도 사냥개와의 거리가 무서울 만큼 빠르게 좁혀지자 네발로는 목숨을 구할 수 없고 이제 꾀를 써야 할 때라는 것을 알았다. 녀석이 재빨리 덤불진 협곡 아래로 성공적으로 모습을 감추자, 그레이하운드들은 더 이상 녀석을 찾을 수 없었다.

그러고 나서 사냥개들은 발이 닿지 않는 땅속으로 내빼는 프레리도그와 하늘 위로 내빼는 독수리에 어리둥절해했다. 우리가 계속 말을 몰아 물 마시는 곳 가까이로 나지막이 솟은 작은 산을 돌아 나가는데, 별안간 새끼 두 마리를 데리고 있던 어미 검은꼬리와 마주쳤다. 세 마리 모두 커다란 귀를 휙 흔들고 눈을 휘둥그레 뜬 채 우리를 쳐다보았다. 우리는 고삐를 당겨 말을 세운 다음, 이 사냥감들을 해치고 싶지 않았으므로, 사냥개들이 보지 않았기를 바라는 마음에 녀석들을 찾아보았다. 그렇지만 우두머리 브랜이 컹컹 짖더니, 세이지 풀 위로 높이 뛰어올라 나머지 개들 모두에게 방향을 가르쳐 주고는, 순식간에 삶과 죽음이 오가는 경주를 시작해 버렸다.

이튼 씨네 맏아들이 몇 번이고 미친 듯이 "돌아와!"라고 외쳤고, 동생은 그레이하운드들을 막아 세워 보려고 애썼다. 그러

10. 검은꼬리사슴 가족

나 도망치는 동물은 그레이하운드에게 물리칠 수 없는 미끼였기 때문에 세이지 풀이 덮인 평원을 가로질러 신경과 힘줄 하나하나를 곤두세운 추격이 펼쳐졌다.

　저 멀리서 어미와 새끼 검은꼬리사슴들이 아름다운 모습으로 새처럼 높이 솟아오르면서 경중경중 뛰는 그 유명한 발걸음으로 땅을 가볍게 디디고 경쾌하게 솟구친 다음 땅을 내딛고 디딘 발로 다시 하늘로 솟구쳐 올랐다. 그레이하운드 녀석들도 석궁으로 쏜 큰 화살처럼 낮은 자세로 몸을 쭉 뻗은 채 쌩 달려 나가 거의 일직선으로 뒤쫓으면서 쓰러져도 다시 일어나 내달렸다. 사냥개들이 용을 쓰고 있긴 했어도 검은꼬리사슴들은 훨씬 더 쉽고 아름답게 도망치는 듯 보였다. 하지만 이럴 수가! 사슴들이 시간을 허비하고 있었다. 그레이하운드들이 가까이 따라붙자, 우리는 헛되이 고함만 쳐 댔다. 우리는 이 추하고 불법적인 비극을 멈출 수 있길 바라며 녀석들을 막기 위해 말에 박차를 가했다. 하지만 그레이하운드 녀석들은 이제 극도로 흥분해 버렸다. 브랜과 제일 처진 새끼 사슴과의 거리는 10미터도 채 되지 않았다. 그러자 이튼이 연발권총을 꺼내 그레이하운드 녀석들을 놀라게 해서 복종시키려는 마음에 녀석들 머리 앞으로 총을 쏴 보았지만, 총소리 하나하나가 새로운 자극이라도 되는 듯 사냥개들은 컹컹컹 짖으면서 더 빨리 내달렸다. 조금만 더 뒤쫓으면 끝장이 날 것 같았다. 바로 그때 우리는 감동적인 장면을 목격했다. 제일 뒤에 처진 새끼가 고통 어린 목소리로 희미하게 매애 하고 울자 어미 사슴이 귀를 기울이고 는 사냥개와 새끼 사이로 되돌아왔다. 이제 선두 사냥개하고는 5미터도 남지 않았으니, 그 짓은 죽음을 택하는 것이나 마찬가 지였다. 내가 이튼이 총을 써서라도 제일 선두에 선 사냥개 녀 석을 멈추게 했으면 좋겠다고 바라는 와중에 전혀 예상하지 못 한 일이 벌어졌다. 평원을 가로지른 검은꼬리사슴들이 우뚝 높 이 솟은 외딴 산에 이르자, 발굽으로 땅을 가볍게 내딛고는 하 늘 높이 솟아올라 약 5미터 떨어진 곳으로 올라섰다. 그러더니 다시 발을 내딛고 위로 솟아오르면서, 하늘을 나는 독수리처럼 튀어 오르자, 평원에서는 상대가 없던 그레이하운드 녀석들이 이 산 앞에서는 속수무책이 되었다. 물론, 녀석들도 서둘러서 힘을 다해 사슴처럼 뛰어 올라가 보았지만, 녀석들의 방식으로 는 산을 오를 수 없었다. 얼마 있지 않아 사냥개들은 뒤로 처졌 다. 검은꼬리사슴 어미는 새끼들과 함께 계속해서 높은 곳으로 사뿐히 뛰어올라가 마침내 우리 눈 밖으로 벗어나 그네들이 원 래 살던 낮은 산 사이로 안전하게 몸을 숨겼다.

검은꼬리사슴은 야산 지대에서 안전하다

그날 나는 검은꼬리사슴들이 정말 아름답게 뛰어 도망치는

11. 쌍둥이와 함께 있는 어미 검은꼬리사슴

모습이 평원 지역에서는 가장 바람직하거나 빠른 방법이 아니더라도, 녀석들이 야산 지대를 제 영토 삼아 안전하게 다닐 수 있게 해 주어 그 평원에서 활동하는 위험들이 결코 건드릴 수 없는 산지 종족으로 만든다는 것을 알았다.

그러므로 이제, 아, 옐로스톤 공원을 여행하는 이여, 당신이 커다란 호텔 근처에서 풀을 뜯어 먹고 있는 검은꼬리사슴에게 너무 가까이 다가가 녀석들을 놀라게 했다면—워낙 녀석들이 사람 손을 타지 않은 터라—녀석들은 영양이나 산토끼처럼 탁 트인 들판으로 도망치거나, 흰꼬리사슴이나 스라소니처럼 울창한 강변 저지대로 도망치지 않고 가파른 산허리를 향해 달려갈 것이다. 녀석들은 어디가 안전한지 너무나 잘 알고 있기 때문에, 덤불이 우거진 근처 비탈로 올라가 놀란 마음을 죄다 내려놓은 뒤, 꾸밈없이 우아한 모습으로 무리를 지어 산다. 그 모습을 본 사람이라면 누구라도 필름을 낭비하고픈 유혹을 받을 테고, 사슴 무리 가운데 어느 한 마리도 카메라를 보고 있지 않은 더할 나위 없이 성공적인 사진을 찍는 기회를 얻게 될 것이다.

이 사슴의 특징을 보여 준 사건 하나를 더 이야기해 보겠다. 1897년 나는 아내와 함께 안시를 지나 배러넷 브리지로 말을 타고 가다가 젊은 수컷 검은꼬리사슴과 마주쳤다. 내가 말했다. "여보, 당신에게 야생 동물이 가장 놀랍고 아름다운 모습으로 질주하는 광경을 보여 주겠소. 이제 검은꼬리사슴의 저 유명한 높이 뛰는 모습을 보게 될 거요." 그런 다음 나는 녀석을 움직이게 하려면 약간만 놀라게 하면 된다는 것을 알았기에, 젊은 수컷을 향해 말을 몰았다. 녀석이 놀라 도망쳤을까? 전혀 아니올시다. 녀석은 옐로스톤 보호구역에 사는 사슴이었다. 총이나 개가 무엇인지 전혀 모른 채 평생을 안전하게 살아 온 것이다. 녀석은 내가 다가가자 몇 발자국 움직여 비키더니 고개를 돌려 나를 쳐다보았지만, 높은 지대를 향해 달리지도, 높이 뛰어오르지도 않았다. 전혀, 단 한 발자국도. 그래서 오늘날까지 내 아름다운 반려자는 검은꼬리사슴이 언덕을 향해 튀어 올라가는 모습을 한 번도 보지 못했다.

사슴 중에서 가장 고귀한 엘크

로키 마운틴 엘크(와피티사슴)는 모든 순종 사슴 가운데 제일 멋지다. 암사슴은 무게가 180~230킬로그램 정도 나가고, 수사슴은 250~350킬로그램 정도 나가지만, 어떤 녀석들은 간혹 450킬로그램까지 나가기도 한다. 몇 군데 호텔에서는 방문객들이 즐거워하면서 사진을 찍을 수 있도록 적은 숫자의 엘크 떼를 우리에 가둬 놓고 있다.

최근에 이루어진 공식 조사에 따르면 여름철 옐로스톤 공원에 서식하는 엘크 숫자는 3만 5천 마리지만, 겨울철이 찾아오면 엘크가 되도록 눈이 가장 적게 쌓인 먹이 터를 찾아 이주하기 때문에, 녀석들 대부분이 공원 밖으로 나가버린다. 적은 무리만이 옐로스톤 강, 스네이크 강 그리고 근처 지류를 따라 뻗어 있는 비옥하면서도 안전한 계곡에 남아 어슬렁거리므로, 공원에서 겨울을 나는 엘크 숫자는 아마 다 합쳐도 5천 마리가 넘지 않을 것이다.

엘크 떼의 뒤를 밟다

여름철 이 사슴들을 찾아볼 수 있는 제일 좋은 장소는 모두 높은 곳에 위치한 숲 지대로, 특히 수목한계선 근처다. 1897년 6월, 나는 타워 폭포 주위 숲 속에서 거대한 엘크 무리를 뒤쫓는 흥미로운 경험을 해 보았다. 나는 상당한 숫자의 무리가 지나간 자국을 발견하고는 녀석들이 갓 남긴 '자취'를 찾을 때까지 산을 따라 올라갔다. 그런 다음 말을 묶어두고 두 발로 따라갔다. 왜냐하면 녀석들은 사람이 해를 끼친다는 것을 잘 알고 있어 공원 안에서조차 사람을 피하기 위해 경계를 늦추지 않기 때문이다. 내가 나무와 나무 사이로 살금살금 조심스럽게 다가가 빈터로 나오니 어미 엘크와 새끼가 드러누워 있는 모습이 어렴풋이 보였다. 조금 더 살금살금 다가가보니 엘크 무리가 모두 풀밭에 누워 되새김질을 하고 있었다. 약 20미터쯤 떨

어진 곳에 있던 그루터기에 카메라를 놓으면 사진을 찍을 수 있을 것 같았지만, 당시 내 자세로는 아무것도 할 수 없었기에, 엘크 수십 마리가 한눈에 보이는 중간 지역을 가로질러 조심스레 걷기 시작했다. 장난이 심한 다람쥐 녀석 두 마리만 없었다면 무사히 그루터기까지 걸어갔으리라. 그 두 녀석이 내 앞을 가로질러 재빨리 오가면서, 조잘대는 소리와 함께 꼬리를 휙휙 흔들어 대며 앞으로 나가던 나에게 맞서 정말 시끄럽게 시위를 벌였다. 나는 이 조그만 골칫거리들에게 발작이라도 일어나기를 부질없이 기도해 보았다. 나를 약 올리려는 녀석들의 계획은, 만약 그것이 계획이었다면, 대성공이었다. 엘크 무리 전부가 확성기 같은 귀와 굴뚝 같은 콧구멍 그리고 멀리까지도 잘 볼 수 있는 활활 빛나는 눈을 내가 있는 쪽으로 돌렸다. 나는 통나무마냥 누워 기다렸고, 녀석들도 그랬다. 그러다 산에서 불어오던 산들바람이 갑자기 방향을 바꾸면서 이 경계심 많은 어미들을 향해 사람이 있다는 기미를 실어 보냈다. 적어도 50마리나 되는 엘크들이 자리에서 벌떡 일어섰는데, 그중 절반은 양 옆으로 새끼를 끼고 있었다. 크나큰 소리를 내지르며 달리기 시작해 덜걱덜걱 나뭇가지를 밟아 부수며 도망쳤는데 놀라울 만큼 인상적인 소리지만 뭐라 잘라 말할 수 없는 소리였다.

내가 바닥에 누워 있는 동안 엘크 모습을 대충 한두 장 그리긴 했어도, 사진은 실패했다.

12. 포트 옐로스톤의 사슴들 사이에 있는 어린 연구가

이 엘크 무리는 새끼 키우는 데 여념이 없는 암컷들로만 이루어져 있었다. 엘크 사이의 예법에 따르면, 수컷들은 더 높은 곳에 떨어져 지내면서 역시 마찬가지로 자신들의 뿔을 키우는 데 여념이 없다. 사람들은 대부분 엘크의 거대한 뿔도 다른 사슴뿔과 마찬가지로 해마다 뿔갈이를 한다는 사실을 처음 알게 될 때 무척 놀란다. 뿔이 자라는 데는 다섯 달밖에 걸리지 않는다. 뿔은 싸움 철인 9월 말 완벽한 모습을 갖췄다가 3월이 되면 벗겨진다. 그러면 무기가 없어진 수컷 엘크는 거기에 맞게 처신한다. 싸우기 좋아했던 만큼이나 온순해지는 것이다. 그러면서 가까이 다가오는 수컷이라면 닥치지 않고 싸움을 걸기는커녕, 이 덩치 큰 '음매들'끼리 뿔을 잃었다는 공통분모로 정다운 수컷 파티를 하며 모여서는, 그처럼 짧은 시간 안에 그처럼 거대한 뿔을 키우는 참으로 진 빠지는 일을 상쇄할 만큼 영양가 높은 풀이 넉넉한 고지대 삼림목초지에 자주 출몰한다.

해충으로부터 벗어날 수 있다는 것도 수컷 엘크들이 고지대에서 사는 중요한 이유인데, 왜냐하면 뿔도 자라날 때는 민감하기 때문이다. 뿔은 해충으로부터 보호하기가 힘들고 해충이 달려들고 싶게끔 피로 가득 차 있는 데다 몸의 어느 부위보다 더 민감하다. 엘크 머리에 솟아 있는, 가죽도 얇은 데다 뜨겁게 고동치는 피가 가득 차 있는 뿔 끝에 내려앉은 모기라면 틀림없이 횡재를 했다고 생각할 것이다. 다 자란 뿔에서 볼 수 있는 이상한 혹은 아마 뿔이 갓 자라나기 시작했을 무렵 모기나 파리에게 물려 생긴 자국일지도 모른다.

나팔을 부는 엘크

여름철에는 수컷들이 자신을 키우는 데만 엄청 애를 쓰지만, 8월 말이 찾아오면 전처럼 암컷 엘크들과 어울릴 준비를 갖춘 듯 보인다. 뿔은 다 자랐어도, 아직 여물지 않은 데다 여전히 벨벳으로 덮여 있다. 9월 말까지는 뿔이 여물고 깨끗해져 사용할 준비를 마치게 된다. 마치 수컷의 몸과 마음에 짜릿한 변화가 시작되는 것처럼 말이다. 수사슴은 힘과 활기로 넘쳐 난다. 털가죽은 윤이 나고, 목도 부풀어 오르며, 근육은 팽팽해지고, 뿔도 매끈하고 날카로워지면서 튼튼해져 무게가 가장 많이 나간다. 전쟁에서 자신을 돋보이게 해 수줍은 숙녀들로부터 인기를 얻어 내고 싶은 수사슴의 불타는 야망은 지독한 광기로까지 자란다. 욕망이 부추기고 동물적 힘이 들끓는 가운데, 전쟁에 대한 갈망으로 격노한 수사슴은 산마루로 올라가 멀리까지 울려 퍼지는 광기 어린 함성 속에 자신의 영혼을 쏟아 낸다. 저음에서 시작해 정말 귀청을 찢을 듯한 높은 음까지 올라가는 함성은 나지막하게 으르렁거리는 소리로 낮아지면서 짧게 이어지다가 천천히 사라진다. 이 소리가 바로 엘크가 부는 그 유명한

(a)

(b)

13. 와이오밍에 사는 엘크 (a) 동틀 무렵 (b) 해 질 녘

나팔 소리로, 동물원에서는 그 소리가 아무리 기괴하게 들린다 할지라도, 엘크의 고향에서 그 소리를 듣는 사람이라면 누구라도 그 소리가 가지는 의미 때문에 자연에서 들을 수 있는 가장 감동적인 소리라 인정한다. 여기 이 장대한 동물, 말처럼 크고 황소처럼 강하며 사자처럼 사나운 동물이 자신의 전성기 중에서도 최고 전성기를 맞아 온갖 자부심과 득의양양함 속에서 온 세상을 향해 이렇게 선포한다. "나는 싸우러 나왔다. 나와 싸-우-고-싶-은 이가 있는가―!-!-!" 대개는 오래 기다릴 필요도 없다. 저 멀리 산허리 어디선가 답이 들린다.

"좋다, 좋아, 좋아! 물론이다, 내가 싸우겠다, 싸우겠다, 싸우겠다!"

몇 번 더 나팔 소리가 크게 울리고 나면 거대한 거인 녀석 두 마리가 서로 마주한다. 녀석들이 만나면 그 모습을 보지 않고도 반경 2킬로미터 안에 있는 세상이 모두 알아챈다. 두 녀석이 다가가면서 나는 뿔이 부딪치는 소리, 증오로 가득한 고함소리에다 싸우는 동안 깩깩거리는 소리, 서로를 향해 돌격해서 밀쳐대며 싸울 때마다 나뭇가지가 우지끈 부서지는 소리, 그리고 때로는 무거운 덩치가 아래로 쿵 쓰러지는 소리도 들리기 때문이다.

나는 여러 번 멀리 떨어진 숲에서 녀석들이 싸우는 소리를 들었지만, 대부분 밤이었다. 위험에 직접 노출되지만 않는다면 우리는 모두 싸움 구경을 좋아하지 않는가. 그래서 싸우는 모습을 조금이라도 보고 싶어 조심스럽게 찾아 나서 보기도 했지만, 행운은 내 편이 아니었다. 다음 날 아침 전쟁터로 나가 보면 격투사들이 천 평이 넘는 땅을 파헤쳐 놓고, 어린 나무를 셀 수 없이 많이 짓밟아 놓거나, 크나큰 바위를 조약돌처럼 내던져 놓은 것이 보였지만, 싸우는 모습만은 보지 못했다.

어느 날 내가 공원 동쪽 쇼쇼니 강에 자리 잡은 야영지에 들어서니, 한 늙은 사냥꾼이 이렇게 말했다. "이보게, 자네! 엘크 놈들이 진짜 싸우는 모습을 보고 싶다고 했지? 저 울타리 뒤쪽 산등성이를 따라 올라가면 엘크 놈들이 떼를 지어 싸우는 것을 틀림없이 볼 걸세. 수컷들이 두 마리만 싸우고 있는 게 아니라, 여섯 마리나 모여 싸우고 있네."

허겁지겁 가 보았지만, 이번에도 너무 늦고 말았다. 내가 본 것이라곤 짓밟힌 땅과 부러진 어린 나무, 그리고 소란 속에 이리저리 찍힌 발자국들뿐이었다. 싸움을 하던 거인들은 사라지고 없었다.

나는 다시 야영지로 돌아와 사냥꾼이 말해 준 대로 대충 그림을 그려 보았는데, 바로 아래에 있는 그림이다. 그 늙은 사냥꾼이 말했다. "이런, 이번에는 틀림없이 제대로 그렸구먼. 녀석들이 정말 이렇게 싸우고 있었지. 한 쌍은 그냥 장난질이나 치고 있었고, 두 번째 쌍은 예절을 차리며 뿔을 맞대고 있었지만, 세 번째 녀석들은 완전히 싸움에 몰두해 있었네. 그리고 사실대로 말하자면, 내가 지금껏 보았던 어떤 사진보다 이 그림이 훨씬 낫구먼."

한번은 내가 치명적인 일이 벌어진 사슴 싸움터에 가 본 적이 있는데, 일이 터지고 나서 시간이 좀 흐른 뒤였다. 그곳에서 나는 이기지 못한 사슴 몸뚱이를 찾았다. 뿔은 수사슴이 얼마나 크고 힘이 센지 그대로 알려 준다. 쓰러져 있는 놈이 그렇게 크고 강한 것을 보니 그 녀석을 쓰러뜨려 뿔로 꿰뚫고는 풀밭에 버려 두고 가 버린 놈은 도대체 어떻게 생긴 놈이었을지 궁금했다.

달려드는 수사슴을 사진 찍다

한때 캘리포니아에 있는 어느 공원에서 엘크가 울리는 전쟁 나팔 소리를 들은 적이 있다. 녀석은 요란하게 울려 퍼지는 소리로 크게 울부짖었다. "한-판-뜨-고-싶-은-놈!!"

나는 즉석에서 나팔을 만들어 녀석의 기분에 맞게 답을 했다. "그래, 하자, 한판 붙자!" 그러자 엘크 수사슴이 꽥꽥 울부짖으며 빠른 걸음으로 다가왔다. 녀석은 40미터 이내로 들어서자 숨어 있던 곳에서 나와 내게 곧장 다가왔는데, 그 모습이 마

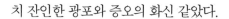

치 잔인한 광포와 증오의 화신 같았다.

수사슴은 귀를 뒤로 젖히고, 주둥이는 들어 올린 채, 코는 바깥쪽으로 말아 올렸고, 아래 이빨을 내보이고는 갈기를 곤두세우면서, 유백광을 내는 녹색으로 변한 눈빛을 놀라우리만치 활활 번득이고 있었다. 녀석은 이빨을 갈아 대면서 가장 불쾌하고도 사악한 소리로 꽥꽥거리며 진격해 왔다.

그러더니 수사슴이 갑자기 고개를 숙이고는 증오로 가득 찬 0.5톤의 몸뚱이로 온 힘을 뿜어 대며 나를 향해 요란하게 달려들었다. 하지만 나는 놈이 생각한 것보다 몸을 많이 숨기고 있었다. 안전하게 나무 위에 올라가 있었던 것이다. 그렇게 나는 나무 위에 앉아 그 미처 날뛰는 수사슴이 뿔로 나무 밑동을 들이받고, 콧김을 내뿜으면서 자기를 싸움에 불러 놓고는 나무 위로 올라가 버린 나를 자신이 어떻게 생각하는지 말하는 듯, 사납게 소리치는 모습을 지켜보았다. 마침내 수사슴은 울부짖는 소리와 함께 이빨을 바득바득 갈면서 멀어져 갔지만, 이따금씩 몸을 돌려 나를 향해 광기와 적의로 번득이는 탁한 녹색 눈빛을 날카롭게 빛냈다.

한때 포트 옐로스톤에서 군인으로 복무했던 내 친구 존 포섬도 이와 비슷한 모험을 더 대담하게 경험한 적이 있다. 초겨울에 포섬은 사진을 찍으러 나갔다가 커다란 엘크 수사슴이 멀찌감치 탁 트인 계곡에 누워 잠들어 있는 것을 어렴풋이 발견했다. 포섬은 곧장 계획을 세웠다. 수사슴이 누워 있는 곳까지 기어갈 수 있을 것 같아서, 녀석을 사진에 담은 다음, 나중에 수사슴이 숲을 향해 도망치면 두 번째 사진을 찍기로 했다. 1단계는 훌륭하게 실행되었다. 포섬이 15미터 앞까지 다가갔는데도 엘크는 여전히 잠들어 있었다. 이제 카메라를 꺼냈다. 그런데 이럴 수가! '찰칵' 하고 나는 그 성가신 작은 소리가 너무나 심하게 장난질을 쳐서는 수사슴을 깨워 버렸고, 소리가 나자마자 벌떡 일어선 수사슴이 달리기 시작했는데, 숲을 향해서가 아니라 사람을 향해 달려왔다. 포섬은 정말 두둑한 배짱으로 그 자리에 서서 조용히 카메라 초점을 맞추어 수사슴이 3미터 앞까지 다가오도록 기다렸다가, 카메라 버튼을 누르고 나서는 카메라를 부드러운 눈 위로 던진 다음 웃옷 뒷자락까지 따라붙은 수사슴에게서 벗어나기 위해 목숨을 걸고 내달렸다. 얼마 달리지 않아 포섬이 엘크에게 당할 수도 있었지만, 그들 앞으로 사람은 헤쳐 갈 수 있지만 엘크는 헤치고 갈 수 없는 깊게 싸인 눈더미가 나타났다. 포섬이 이곳으로 달아나자, 수사슴은 콧김을 내뿜으면서 빙빙 돌며, 잡히기만 하면 가만두지 않겠다는 뜻의 소리를 질러 댔다. 하지만 포섬이 잡힐 리 만무하자, 마침내 투덜투덜 꽥꽥대며 사라져 버렸다.

사냥꾼이 돌아와 카메라를 챙겨 현상해 보니 사진 14-b가 나왔다.

14. 겨울철 옐로스톤에 사는 엘크 (a) 눈 속에 갇힌 모습 (b) 달려오는 엘크

이 사진에서는 싸우고자 하는 수사슴의 눈빛과 뒤로 젖혀진 귀, 뒤틀어진 코, 그리고 녀석이 어떤 속도로 달려오고 있는지 알 수 있는 쾅쾅 구르는 발과 바람에 흩날리는 수염을 볼 수 있다. 절체절명의 순간에 카메라를 손에 들고 찍은 사진인데도, 풍경이나 엘크가 흔들린 흔적이 전혀 없지만, 사실 노출은 과하게 나왔다.

주술에 걸린 암사슴

여름철 엘크가 지내기 제일 좋은 구역 가운데 하나가 옐로스톤 호수 남동쪽 구석 가까이에 있는데, 이곳에서 나는 '주술에 걸린 암사슴 이야기'라 이름 붙인 이상한 경험을 운 좋게도 할 수 있었다.

1912년 9월, 나는 가디너에 사는 톰 뉴컴과 함께 공원으로 나가 설명할 수 없는 이 기이한 모험을 했다. 우리는 모터보트를 타고 옐로스톤 호수를 건너, 남동쪽으로 가장 먼 곳에서 야영을 했는데, 가장 가까운 민가도 일직선으로 40킬로미터, 길을 따라서는 80킬로미터 이상 떨어진 곳이었다. 공원에서도 사람들이 거의 다니지 않아 가장 원시 상태로 남아 있던 곳에 온 것이다. 이곳에 사는 동물들은 완전히 야생 그대로였고 사람이라고는 우리 말고 아무도 없었다.

9월 6일 금요일 해 뜰 무렵, 호수 기슭에서 엘크 한 마리를 보았지만 180미터 이상은 가까이 갈 수 없어 녀석의 모습을 사진에 제대로 담지 못했다. 엘크는 방향을 틀어 보이지 않는 곳으로 도망쳐버렸다. 8시 30분경 나는 톰과 함께 길을 나섰다. 엘크 한두 마리가 우리를 보고 깜짝 놀랐지만, 녀석들이 워낙 흥분한 바람에 사진을 찍을 수 없었다.

10시 30분경, 황야 가운데로 몇 킬로미터 더 나가니 풀밭에 암사슴 엘크가 서 있는데 약 100미터 떨어진 곳에 코요테 한 마리가 살금살금 주위를 맴도는 것이 보였다. "아침에 본 엘크잖아."라고 나는 말했고, 우리는 재빨리 몸을 숨겼다. 조그만 소나무 숲에 몸을 숨긴 채 나는 90미터 앞까지 다가가 사진 15-1을 찍었다. 녀석이 움직이지 않자, 나는 톰에게 말했다. "내가 저 세이지 덤불까지 기어 나가 50미터 지점에서 암컷 사진을 찍을 동안 톰은 여기 있어요." 손을 짚고 기어간 나는 2번 사진을 찍을 수 있었다. 그때 나는 암사슴으로부터 30미터 떨어진 곳에 풀이 비탈져 높이 자란 것을 알아채고는, 녀석이 여전히 태평하게 있자, 그 풀숲으로 기어가 3번 사진을 찍었다. 암사슴은 꼼짝하지 않았고 나는 녀석이 햇볕을 쬐면서 졸고 있는 걸볼 수 있을 만큼 가까이 있었다. 그래서 나는 자리에서 일어나톰에게 숲에서 당장 나오라고 손짓했다. 그는 놀란 나머지 거의 말문이 막힌 채 다가왔다. "도대체 이건 무슨 일인 겁니까?"

15. 주술에 걸린 사슴을 처음 찍은 사진

그가 귀엣말을 건넸다.

　나는 태연히 대답했다. "내가 주술사라고 말했잖아요. 이제야 내 말을 믿겠군요. 내가 엘크에게 주문을 걸어 녀석을 최면에 빠지게 만든 것을 보지 못했습니까? 이제 20미터 정도 앞까지 다가가 저 암컷의 사진을 찍겠어요. 내가 사진을 찍는 동안 이 보조 카메라로 내가 사진 찍는 모습을 찍어 주세요." 그래서 내가 5번 사진과 이어 6번 사진을 찍는 사이 톰이 4번 사진을 찍었다.

　"자." 내가 말했다. "이제 가서 녀석에게 말을 걸어 봅시다." 우리는 10미터 앞까지 다가갔다. 엘크가 움직이지 않자 내가 말했다. "이봐, 암사슴아, 손님들이 왔다. 이쪽을 좀 봐 주겠니?" 암사슴은 내 말대로 했고 나는 16-7 사진을 쉽게 찍을 수 있었다.

　"고맙다." 나는 말했다. "이제 자리에 누워 주면 참 고맙겠다." 암사슴은 그렇게 했고 나는 9번 사진을 찍었다.

　나는 가까이 다가가 사슴을 쓰다듬어 주었고, 톰도 사슴을 쓰다듬었다. 그런 다음 나는 발로 사슴을 슬쩍 찌르며 말했다. "이제 다시 일어서서 저 멀리 쳐다보렴."

　암사슴은 자리에서 일어서더니 8번과 10번, 11번 사진대로 눈을 돌렸다.

　"고맙다, 암사슴아! 이제 가도 좋다!" 그렇게 해서 암사슴이

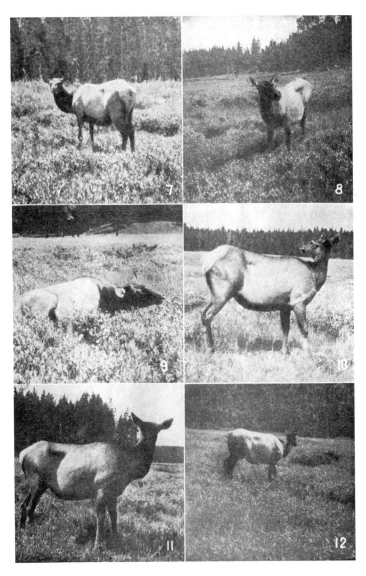

16. 주술에 걸린 사슴을 마지막으로 찍은 사진

자리를 떠나자 나는 마지막 필름으로 12번 사진을 찍었다.

이때쯤 되자 톰은 내뱉을 수 있는 말이 모두 동나 버려, 속에서 들끓는 감정을 표현하기 위해 어디서 말을 밀수라도 해야 할 상황이었다.

"도대체 ——————————이게 ——————————
——————————무슨——————————일입니까——————————?" 이런 식으로 말이다.

나는 차분하게 대답했다. "어쩌면 내가 엘크 주술을 한다는 것을 믿을지도 모르겠군요. 이제 말코손바닥사슴을 보여 주면 놀랄 만한 일을 새로 또 보여드리죠."

우리는 두 시간이 걸려 야영지로 돌아왔고, 그동안 톰은 아무 말 없이 어리둥절한 채 한두 번 씩씩거릴 뿐이었다.

야영지가 거의 가까워지자 톰이 갑자기 나를 바라보며 이렇게 말했다. "이봐요, 시튼 씨, 도대체 이게 무슨 일입니까? 그 사슴은 아프지도 않았어요. 살이 통통하게 오른 데다 튼튼했습니다. 독약을 먹었거나 약에 취해 있던 것도 아니죠, 왜냐하면 그럴 수가 없으니까요. 그 사슴은 길들인 녀석도 아닙니다. 왜냐하면 그런 녀석은 한 마리도 없는 데다가 사람 사는 집이라면 110킬로미터나 떨어져 있으니까요. 그러니까 도대체 이게 무슨 일인 겁니까?"

나는 진지하게 대답했다. "톰! 나도 당신만큼 아는 것이 없어요. 한 가지만 빼면 당신만큼 이 모든 일에 놀랐으니까요. 바로 그 암컷이 누워 있을 때였죠. 나는 녀석이 누우려고 하는 것을 보기 전까지, 또 일어서려 하거나, 다른 쪽으로 보기 전까지는 그렇게 하라고 먼저 말하지 않았답니다. 당신이 이 일을 설명해 낼 수만 있다면 이 바닥을 속속들이 안다는 뜻일 겁니다."

사슴 중 가장 큰 말코손바닥사슴

말코손바닥사슴은 캐나다와 메인 주, 미네소타 주, 그리고 옐로스톤 공원에서 펼치고 있는 보호정책의 결과를 훌륭하게 보여 주는 멋진 동물 중 하나다. 과거 와이오밍 주에 있던 이 사슴은 그 수가 워낙 드물어 공원 내 남서쪽 귀퉁이에다 가두었었다. 하지만 말코손바닥사슴들은 약간의 도움만 받으면 충분했기에, 그러한 도움을 받자, 번성해서 그 수가 늘어났다. 녀석들의 숫자는 자연적으로 증가해서 1897년 약 50마리에 불과하던 말코손바닥사슴이 오늘날 약 550마리로 불어났고, 자신들의 입맛에 맞는 곳을 찾는다면 어디로든지 퍼져 나가 이제는 공원 남부 절반에 걸친 지역에 고루 분포한다. 즉, 말코손바닥사슴은 나무가 골고루 섞인 빽빽한 평지 숲을 좋아한다. 잡목림을 먹고 사는 탓에 상록수만 먹고서는 번성할 수 없기 때문이다.

내가 잡은 첫 번째 사슴이자 거의 유일하게 사냥으로 죽여본

사슴이 말코손바닥사슴인데, 지금으로부터 한참 거슬러 올라
간 젊은 시절 일이다. 옐로스톤 공원에서는, 이렇게 말해서 유
감이지만, 지난 9월 호수 근처로 많은 발자국과 흔적을 찾긴 했
어도, 말코손바닥사슴은 한 마리도 보지 못했다.

아내가 잡은 말코손바닥사슴

젊은 시절 이후로 내가 말코손바닥사슴에게 총을 쏴 본 적은
한 번도 없지만, 몇 년 뒤 벌어진 사냥에 연루된 적은 있다.

때는 사냥 달로 가을철이었다. 나는 아내와 함께 친구 몇을
골라 키페와 지역에서 야영 여행을 했다. 우리 친구들은 말코
손바닥사슴을 무척이나 잡고 싶어 했기 때문에, 나를 빼고는
모두 말코손바닥사슴을 능숙하게 불러내는 전문가들과 함께
사냥에 나섰다. 하지만 모두들 밤이 되면 모닥불 가에 둘러앉
아 사슴 사냥에 실패한 이야기만 나누었다.

사슴들도 넉넉하게 많았고, 인디언과 혼혈 그리고 백인으로
이루어진 훌륭한 안내원들도 함께했지만 운이 따라 주질 않았
다. 내가 사슴을 불러내는 뛰어난 전문가는 아니었어도, 직접
사슴 불러내는 일을 꽤 많이 해 본 터라 나는 사냥감에 대한 충
분한 지식을 가진 '사슴 부르는 사람'으로 통했다. 그래서 어
느 날 밤, 농담 반 진담 반으로 이렇게 말했다. "내가 나가서 말

17. 옐로스톤에 사는 엘크 (a) 빌링스 파크 (b) 야생 암사슴

코손바닥사슴을 어떻게 불러야 하는 건지 자네들에게 보여 줘야겠군." 나는 자작나무 껍질 좋은 것을 골라 정성 들여 뿔나팔을 만들었다. 문명에서 나온 재료들은 모두 '나쁜 주술'을 담고 있다고 무시하면서, 와탑이라 불리는 가문비나무 뿌리로 자작나무 껍질 가장자리를 잇대어 꿰맨 다음 송진을 흘려 말끔하게 땜질을 하고는 불이 붙은 나무 막대로 매끈매끈하게 만들었다. 그러고는 마지막 손질을 더하자, 그것을 본 인디언과 혼혈 안내원이 불길하다는 듯 고개를 흔들었다. 내가 '부두 말코손바닥사슴' 두 마리를 뿔나팔에 그렸기 때문인데, 그 그림은 말코손바닥사슴 머리를 한두 사람이 뿔나팔을 빙 둘러 춤을 추고 있는 모습이었다.

사이렌 소리

"말코손바닥사슴을 잡기 전에 그런 걸 그리면 사슴이 절대 오지 않소."라고 그들은 말했다.

그래도 나는 그림을 다 그리고 나서 총을 가진 아내와 함께 안내원 한 명이 노를 젓는 카누를 타고 해 질 녘에 사냥을 나섰다. 30분쯤 지나자 우리는 늪과 잡목 숲으로 둘러싸여 동떨어진 호수에 이르렀다. 지평선을 따라 띠처럼 두르고 서 있던 소나무를 붉은 저녁놀 빛이 모두 보라색으로 물들이고 있었고,

평화롭고 고요한 시간이 호수와 늪 위로 내려앉았다. 나는 다소 불경스러운 마음으로 부두 주술을 담은 뿔나팔을 입으로 가져다 대고, 조바심이 나서 툴툴거리는 새된 소리를 한두 번 낸 다음, 말코손바닥사슴 암컷이 홀로 "아, 너무나 외로워." 하며 부르는, 부드럽게 울려 퍼지면서 길게 이어지는 사랑의 노래를 연주했다.

안내원이 마음에 든다며 고개를 끄덕였다. "그거 좋네요." 그 다음에 나는 시계를 꺼내 15분 동안 기다렸다. 왜냐하면, 말하기 이상하지만, 암사슴이 너무 극성을 떨면 말코손바닥사슴 수컷이 경계를 하고 도망칠 것 같았기 때문이다. 지켜야 할 예절이 있을 때, 너무 서두르다 보면 죄다 망치기 쉬운 법이다. 그리고 그럴 때는 어림짐작하는 것도 통하지 않아, 목을 빼고 기다리다 보면 1분이 20분 같다.

그렇게 해서 15분이 분명히 다 지나가자, 나는 마술 뿔피리를 다시 들고 몹시도 갈망하여 애처롭게 내는 신음 소리를 몇 번 분 다음, 호수를 가로질러 메아리가 울릴 만큼 더 큰 소리로 멀리까지 불었는데, 그 감미로운 애원의 소리가 몇 킬로미터에 걸쳐 뻗어 있는 주변 숲을 가득 채우는 듯했다.

나는 또다시 기다린 뒤, 해가 막 넘어갈 때 세 번째 울음소리를 냈다. 그러고 나서 우리는 눈에 힘을 잔뜩 주고 숲 가장자리 하나하나를 훑어보았다. 한참을 지켜보니 저 멀리 산비탈에서

18. 과부가 된 말코손바닥사슴

나무 쓰러지는 소리가 들렸다. 그런데 마치 나무가 처음에는 쓰러지다가 잠시 멈춘 다음 수많은 나뭇가지를 부러뜨리면서 둔탁한 소리로 쿵 바닥에 쓰러지는 듯 뜻밖의 소리가 났다. 우리가 그쪽을 뚫어지게 쳐다보자, 아주 젊은 남자였던 안내원이 속삭였다. "곰입니다!"

정적이 흐르더니, 가까운 곳에서 나뭇가지가 부러지면서, 나지막하게 천천히 콧김을 내뿜는 소리가 들렸다. "으르렁" 하고 곰이 내는 소리일지도 몰랐지만, 나는 미심쩍었다. 그러다 더 이상 아무 소리 없이, 근처 버드나무 위로 하얗게 빛나는 사슴뿔 끝이 나타나더니, 거대한 말코손바닥사슴 수컷이 빠르고 조용히 불쑥 모습을 드러냈다.

'녀석이 정말 견고하고 단단해 보이는군.'이라는 생각이 첫 번째로 내 머리를 스치고 지나갔다. 녀석이 또다시 "으르렁" 하자, 안내원은 두 눈을 사슴 머리에 고정시킨 채 내 아내에게 귓엣말을 했다. "녀석을 잡으세요! 끝내주는 놈입니다."

내가 20분 동안 소리를 내지 않은 데다 녀석이 2킬로미터 또는 더 먼 곳에서 왔는데도, 놀라울 만큼 똑바로 성큼성큼 곧장 다가왔다.

수사슴이 35미터 앞까지 다가오자, 안내원이 귓엣말했다. "지금이 기회입니다. 더 좋은 기회는 절대로 다시 없어요." 내 아내가 속삭였다. "카누를 고정시켜요." 내가 모랫바닥에 노를

꼽아 넣고, 안내원도 반대쪽 끝에서 그렇게 하자, 아내는 카누 위에서 몸을 일으켜 세워 사슴을 향해 조준했다. 그런 다음 라이플총에서 "탕" 하는 사악한 소리와 함께 총알이 "슝" 날아가자, 어렴풋이 나타났던 그 거대한 회색 짐승이 콧김을 내뿜으며 도망쳐 버드나무 숲에 도착했지만 쿵 하는 소리를 내며 바닥에 쓰러져서는, 잎이 우거진 휘장 뒤에서 자신의 생명을 느끼며 쏟아 냈다.

모든 것이 너무나 자연스럽게 일어난 듯했고 사냥 책과 이야기에 나왔던 올바른 규칙을 따라 정확하게 딱 떨어진 듯 보였지만, 아주 불쾌했다.

아름다운 사냥꾼은 눈에 눈물이 맺히면서 심장이 비틀리는 아픔에 큰 소리로 흐느껴 울더니 점점 소리를 죽여 울음을 멈췄다. 몇 년 동안 그곳에서 잡힌 말코손바닥사슴 가운데 가장 큰 녀석 옆에 우리가 서 있자니, 또다시 흐느낌 소리가 내 옆에서 새어 나왔다. 내 생각에 그 일은 대단한 업적이었다. 그렇게 영리하게 거짓된 행동을 한다는 것도 자랑스러운 일이다. 이탈리아 플로렌스의 암살자들도 종종 여인처럼 우는 소리를 내 용감한 사나이를 유인해 함정에 빠뜨리곤 했으니 말이다. 하지만 그 이후로 나는 말코손바닥사슴을 결코 불러내지 않았고, 그때 사냥했던 라이플총을 두 번 다시 사용하지 않은 채 오늘날까지 선반에 걸어 놓았다.

가장 큰 사냥감, 버펄로

"맞아, 저게 버펄로-새지." 회색빛 나는 짝과 함께 휙휙 날거나 평원을 가로지르는 몇 마리 검은 새를 가리키며 늙은 인디언이 말했다. "버펄로가 죽어 버리자 퍽이나 운이 나빴지. 저 작은 새들은 버펄로 머리에서 자라는 텁수룩한 털에다 둥지를 트는데, 버펄로가 모두 죽어 버리면 버펄로-새도 죽는 거나 마찬가지야. 둥지를 전혀 틀지 못하는데 무슨 소용이 있겠나."

이 이야기는 내가 오래전 몬태나 주에서 들었던 이야기의 일부분이다. 내게 이 이야기는 지나치게 꾸며낸 신화같이 보여, 튼튼한 근거도 없이 밑바닥 없는 수렁 속에다 그 호기심 넘치는 뿌리를 뻗어 뒤지고 있는 것 같았다. 하지만 내가 생각했던 것보다 깊은 의미를 이 이야기가 밝혀 주었다. 버펄로-새는 버펄로가 가는 곳이면 어디든 따라다니며, 그 지배군주 머리 위로 난 뿔 사이 텁수룩한 긴 머리털에 둥지를 트는 것이 아니라, 평원에 버려진 죽은 버펄로 수컷의 머리털이 붙은 커다란 두개골이면 어떤 것이든 그 위에다 둥지를 트는 것으로 보이기 때문이다. 이 검은 새는 항상, 심지어 땅 위에다 둥지를 틀 때조차, 버펄로 털을 둥지의 안감으로 사용했다. 가을철에 다리를 절어 날 수 없던 이 수행원 새 한 마리가 거대한 버펄로 수컷의 머리털 속에서 겨울을 나는 것도 나는 보았다. 버펄로 수컷이

눈을 앞발로 파헤치는 낮 동안 새는 씨앗을 모았고, 밤이 되면 버펄로 머리에 난 강력한 뿔 사이에 자리를 잡고 머리털에 달라붙어 뜨거운 피가 흐르는 괴물의 목에다 발끝을 따뜻하게 대고 있었다.

북서쪽 지역 대부분에서는 이 새들이 버펄로 대신 방목장에 사는 소를 질 나쁜 대용품으로 사용하긴 하지만, 아! 녀석들은 얼마나 버펄로 머리털이 그리울까.

줄어든 서식지

아메리칸 버펄로가 동쪽으로는 멀리 시러큐스, 워싱턴 시, 캐롤라이나까지 서식했고, 평원에서 거대한 무리를 지어 살았을 뿐만 아니라 숲에서도 적은 수가 살았다는 사실은 널리 알려져 있지 않다. 1500년에는 5천만 마리가 넘는 버펄로가 살았을 것이라고 나는 어림잡는다. 1895년에 그 수는 800마리까지 줄어들었다. 아마 버펄로 수가 가장 줄어든 해일 것이다. 그 이후로 현명한 보호를 받으면서 수가 늘어나 오늘날에는 약 3천 마리에 이른다.

1897년 6월, 나이 많은 데이브 로버츠와 함께 배러넷 브리지 근처 작은 산에 올라 얀시 너머로 바로 보이는 옐로스톤을 내려다보고 있는데, 데이브가 내게 이렇게 말했다. "20년 전, 내가 이 골짜기를 처음 봤을 땐 버펄로가 새까맣게 점점이 흩어져 있었는데, 공원 안 모든 골짜기가 그랬었지." 이제 버펄로가 남긴 유일한 흔적이라고는 풀밭에서 부서지고 있는 오래된 두개골 한두 개뿐이다.

1900년, 공원에 사는 버펄로 수가 30마리까지 줄어들자, 녀석들이 멸종하는 것은 틀림없어 보였다.

하지만 공원 담당관들이 그 문제를 해결하기 위해 발 벗고 나섰다. 예전에는 법률상 의제에 불과했던 보호조치가 기정사실이 된 것이다. 그 뒤로 버펄로 숫자가 증가하면서 오늘날에는 200마리에 이르는데, 이 숫자에 포함되지 않은 버펄로도 있을 것으로 보인다.

이 거대한 무리가 왜 멸종 위기에 처하게 되었는지는 군이 이야기할 필요가 없다. 우리 모두 잘 알고 있기 때문이다.[2] 하지만 그 상황이 피할 수 없는 일이었음을 독자 여러분에게 일깨워 주는 것이 좋겠다. 사람들이 정착하는 데 땅이 필요했고, 땅은 앞으로도 계속 필요할 텐데, 버펄로 무리와 그 땅에서 공존할 수 없었다. 다만 우리가 그 상황을 40년에서 50년 더 일찍 초래했을 뿐이다. 사람들 대부분은 이렇게 묻는다. "버펄로를 방목해서 키웠다면 보호할 수 있었을 텐데요?" 이 질문에 대

---

2   E. T. 시튼의 『북부에 사는 동물들의 생애』를 보라.

19. 버펄로 무리 (a) 밴프에서 만난 버펄로 (b) 옐로스톤 공원의 버펄로

한 답을 해 보자면, 수백 번이나 그런 시도를 해 보았어도, 결국에는 이 동물이 지닌 성질 탓에 좌절되고 말았다는 것이다. 버펄로는 수컷이든 암컷이든 늘 다소 위험한 동물이다. 녀석들은 길들일 수도 없고 믿을 수도 없다. 항상 우르르 달아나려고 하는 데다, 일단 녀석들이 달려 나가기 시작하면 어떤 것도, 심지어 놈들을 죽인다 해도 막지 못한다. 그렇기 때문에 버펄로가 기후에 적합하고 대담한 데다 고기도 맛있고 가죽도 값이 나가는데도, 녀석들을 가축으로 만들고자 한 노력은 아직 성공하지 못했다.

열두 마리 정도 작은 무리를 이룬 버펄로가 매머드 온천 근처 울타리가 쳐진 방목지에서 보호를 받고 있으니, 여행자라면 그곳에 가서 꼭 사진을 찍기를 바란다. 몇몇 지역에서 진짜 버펄로-새를 대신해 자리를 차지한 찌르레기가 버펄로와 함께 있는 것도 볼 수 있다. 가축과 함께 사는 이 새들은 예전처럼 버펄로 등이나 머리에 앉아 있거나, 군함 주위에 떠 있는 배나 고래 주위를 날고 있는 갈매기들처럼 주위를 돌아다니면서 생활하는데, 사슴을 괴롭히는 해충을 덥석 물어 주는 대가로 옛 시절 대평원에서 왕으로 군림했던 버펄로가 보기에 골칫거리가 될 만한 덩치 큰 짐승들로부터 완벽하게 보호를 받는다.

운이 다한 영양과 햇빛 반사기

가지뿔영양이라고도 불리는 영양은 이 세계에서 가장 독특한 동물에 속한다. 영양은 소처럼 골심 주위로 각질로 이루어진 뿔이 덮여 있는 데다, 사슴처럼 뿔이 가지를 내고 해마다 뿔갈이를 하는 유일한 반추동물로 알려져 있다.

녀석은 갖가지 특성이 이상하게 뒤섞인 동물로, 기린 같은 다리와 염소의 분비기관, 사슴과 같은 털에 암소와 사슴의 뿔이 섞인 데다, 가젤의 눈과 영양의 몸집을 가졌고 게다가 바람처럼 빠르다. 영양은 평원에 사는 토착 동물 중 가장 빠른 네발 동물이다. 지금까지 알려진 바에 따르면 순종 경주마를 제외하고는 장거리 경주에서 녀석을 이길 동물이 없다.

하지만 여행자의 눈을 사로잡을 만한 가장 독특한 특성은 영양 엉덩이에 나 있는 하얀 원반일 것이다.

옐로스톤에 처음 온 날, T. E. 회퍼와 함께 나는 블랙테일 크릭 너머 산지를 따라 말을 타고 가고 있었다. 남동쪽으로 몇 킬로미터 떨어진 곳에서 하얀 점 몇 개가 나타나 반짝이더니 사라지는 것이 보였다. 그러자 저 멀리 북동쪽에서도 하얀 점이 나타났다. 그때 회퍼가 말했다. "영양 떼 두 무리군." 이윽고 그 사이에서 흰 점이 번쩍이자, 우리는 이 두 무리가 한데 모인 것을 알았다. 어떻게?

20. 옐로스톤 입구 근처 (a) 영양 (b) 생포된 늑대

여러분이 동물원이나 다른 곳에서 영양을 가까이 보게 될 기회가 생긴다면 무엇이 번쩍이는 것인지 알 수 있다. 양쪽 엉덩이에 발달한 둥그런 모양의 근육을 이용해 영양은 엉덩이 부위에 난 흰 털을 곧추세워 햇빛 속에서 번쩍이는 커다랗고 평평한 순백의 원반을 만드는데, 멀리서 보면 빛나는 하얀 점 같다.

이 행동은 순식간이거나 아주 짧게 이루어진다. 펼쳐진 원반은 몇 초 만에 다시 닫힌다. 이 번쩍이는 신호는 보통 위험을 알리는 데 쓰이지만, 상대를 알아보는 신호로도 물론 쓰인다.

1897년 공원에 사는 영양의 수는 대략 1500마리였다. 지금은 그 숫자가 3분의 1로 줄어들었고, 보호를 잘 받고 있지만 계속 숫자가 줄고 있다. 영양은 아무리 넓은 지역에 살더라도 갇혀 있으면 잘 자라지 못한다. 자연이 가진 이해하기 어렵고 냉혹한 법칙 중 하나를 따라, 이제 영양도 자연에서 사라져 버린 다른 동물들처럼 떠나 버리는 듯해 우리는 두렵다. 하지만 가디너 근처 초원에서 적은 무리가 여전히 겨울을 나는 모습을 볼 수 있다.

멸종 위기에서 구한 큰뿔양

한때 큰뿔양은 모든 강줄기를 따라 거친 땅이 있는 곳이라면

21. 에바츠 산에 사는 산양

멀리 동쪽으로는 서부 변두리인 다코타 주, 서쪽으로는 요세미티 계곡에 있는 캐스케이즈 폭포, 그리고 멕시코부터 남부 캘리포니아를 거쳐 알래스카까지 이르는 산맥 지대에 걸쳐 번성했다.

어떤 형태로든 이 산양이 그 거대한 지역을 아우르며 번식했고, 미국 내 숫자가 수백만 마리였다고 말해도 과언이 아니다. 그러나 법은 안중에도 없는 가죽 사냥꾼과 연발총이 등장한 무시무시한 시대가 들이닥치면서 지난 세기 말 미국에 번식하는 큰뿔양의 숫자는 몇백 마리로 줄어들었고, 큰뿔양은 황혼길로 완연히 접어들고 있었다.

그런데 뉴욕동물협회와 캠프 파이어 클럽, 그리고 동식물 연구가들과 수렵인들로 이루어진 여러 협회들이 강력하게 분발했다. 그들은 생각이 있는 모든 사람들에게 큰뿔양이 멸종할 위험이 임박했다고 각성시켰다. 훌륭한 법안이 통과되어 실행되었다. 위험이 실감되면서 참사를 피하게 되었고, 이제 큰뿔양은 서부 여러 지역에서 증가 추세에 있다.

무자비하게 살육이 벌어졌던 시절, 몇 마리 남아 있지 않던 큰뿔양은 야생 동물 가운데서도 가장 사람 손이 닿지 않는 녀석이었다. 사람이 2킬로미터 이내로 접근하는 것도 허락하지 않았다. 하지만 우리가 새로운 시선으로 큰뿔양을 바라보자 녀석들도 우리를 새로운 시선으로 바라보게 되었는데, 이 사실은

콜로라도 주나 와이오밍 주에 있는 보호지역을 방문한 여행자들마다 증언할 수 있다.

1897년에 나는 몇 달 동안 옐로스톤 공원 내 높은 산악 지대를 돌아다녔는데 큰뿔양은 단 한 마리도 보지 못했다. 비록 바위 틈새로 날아가듯 숨어 버린 겁먹은 도망자들이 100여 마리 있을 것으로 어림짐작하긴 했지만 말이다.

1912년에는 밀렵꾼들과 쿠거, 눈사태, 그리고 가축으로 키우는 양으로부터 감염된 피부병에도 불구하고 옐로스톤 공원에서 사는 큰뿔양의 숫자가 상당히 늘어 200마리를 넘은 것으로 보이며, 에바츠 산이나 워시번 산, 또는 유명한 산악 지대를 며칠 공들여 탐사하기만 한다면, 여행자들도 거의 틀림없이 녀석들을 찾아볼 수 있다.

1912년 9월에 나는 톰 뉴컴이 안내하는 탐험자들과 함께 가디너를 출발했다. 나는 행렬 맨 끝에서 말을 타고 가며 사방을 살펴보고 있었는데, 저 멀리 미끄러운 바위 위로 큰뿔양 한 마리가 보였다. 그리 높이 올라가지는 않아 가까이서 볼 수는 없었지만 적어도 여섯 마리가 내 눈에 들어왔고, 나는 사진 몇 장을 찍었다. 내 생각에 키 큰 세이지 나무 뒤로 몇 마리가 더 숨어 있는 것 같았지만, 녀석들을 놀라게 하고 싶지 않아 찾아보지는 않았다.

이 암컷 큰뿔양 무리에는 수컷이나 새끼 양이 없었다. 수컷

들은 물론 훨씬 더 높은 산악 지대에서 여름철 내내 수컷끼리
만 모여 지내기 때문이다.

일주일 뒤 워시번 산에서 나는 운 좋게도 새끼 양들과 함께
있는 암양 열두 마리를 찾았다. 하지만 하늘 위로 납빛 구름이
드리워져 있어 어두웠던 탓에 조명이 충분하지 않아 좋은 사진
을 얻지는 못했다.

브렛 대령이 알려준 바에 따르면 겨울철에는 매머드 온천과
가디너 사이에서 작은 무리를 지은 큰뿔양 떼를 여럿 볼 수 있
는데, 그곳이 먹을거리가 풍부하고 높은 산악 지대보다 눈이
훨씬 적게 쌓이기 때문이다. 올겨울에는 커다란 수컷 큰뿔양
네 마리도 다른 40마리 양들과 함께 매일 모습을 보인다는 소
식을 얼마 전에 들었다. 녀석들이 워낙 유순해서 원하기만 하
면 3미터 근처까지 가서 사진을 찍을 수 있다. 아! 그런 짜릿한
기회를 놔두고 나는 이렇게 멀리 떨어져 있어야 한다는 사실이
슬프다.

5

데빌즈 키친에 사는 박쥐

보통 사람들이 박쥐에 대해 깊은 편견을 가지고 있다는 것은 불행한 일이다. 직접 확인해 보거나 생각도 하지 않고, 사람들은 이 날개 달린 동물을 두고 나도는 기괴한 이야기들을 그대로 받아들이면서 계속 퍼뜨린다. 자신들이 저지르는 부당함이나 놓치게 되는 기쁨 따위는 아랑곳하지 않고 말이다. 나는 박쥐를 알게 된 이후로 지금까지, 즉 성인이 된 이후로 쭉 박쥐를 좋아해 왔다. 녀석은 여러 가지 면에서 창조의 극치인 동물로 두뇌가 아주 발달했고, 믿기 어려울 만큼 감각이 예민하며, 절묘한 가죽옷을 입고 있다. 무엇보다도 박쥐에게 더없는 영광은 뛰어난 비행 기술을 갖추고 있다는 점이다. 박쥐야말로 어린 시절 우리가 너무나 좋아해서 지혜롭지 못한 어른에게 뺏길까 봐 질색했던 숲에 사는 요정의 원형이자 그 요정이 현실로 나타난 모습이다.

나는 녀석들을 매일 볼 수 있는 서식지를 찾기 위해 많은 노력과 시간을 할애했고, 새로운 종류의 박쥐를 만나기 위해 먼 길도 마다하지 않았다.

자연이 우리 사람들 눈으로부터 분명히 숨겨 두려고 작정한 동굴이나 간헐천 또는 땅에 난 혐오스러운 구멍이라면 그 어떤 구멍에도 나는 큰 관심을 가져 본 적이 없었다. 1897년, 이상한 나라 옐로스톤을 처음 방문해서 오늘날에는 훨씬 더 끔찍한 저 머드 가이저(옐로스톤 공원에 있는 진흙 간헐천—옮긴이)를 바라보며 서 있었을 때 느꼈던 그 불쾌한 기분을 결코 잊을 수 없다. 그때 내가 기록했던 일기 앞부분은 이렇게 시작한다.

머드 가이저는 다른 곳에서 볼 수 있는 그 어떤 것과도 같지 않다. 땅의 내장에 관해 들어 봤을 것이다. 이곳은 분명 그 내장의 끝부분이다. 사람들은 지옥의 입에 대해서도 이야기하는데, 이곳이 바로 발작을 일으키듯 격렬하게 게워 내는 그 입이다. 더러운 진창이 한쪽에 있는 보이지 않는 목구멍에서 질질 스며 나와 구역질과 트림을 하는 소리를 내며 똑바로 곧추선 거대한 입속에서 뿜어져 나온다. 뒤이어 유독한 증기가 역겹고 불쾌한 냄새를 사방으로 내뿜는 가운데, 진창은 스스로도 혐오스러운 듯한 소리를 내며 재빨리 입속으로 다시 삼켜져 들어간다. 이 모든 과정이 빠르게 되풀이되면서 계속 이어지고, 수세기 동안 그래 왔듯 앞으로도 계속 그럴 것이다. 그런데 이곳은 그저 실제 작업이 벌어지는 거대한 공장 바깥으로 난 증기 배출구에 불과한 것 같다. 우리는 안에서 벌어지는 일을 전혀 보지 못한 채 공장 건물 밖에 서 있을 뿐이다. 이곳을 두 번 다시 보고 싶어 하는 사람은 없다. 모두들 머드 가이저가 역겨워도 모두들 이곳에 매료된다."

아니, 나는 그곳을 좋아하지 않는다. 나는 원래 어머니 지구의 내부는 질색이다. 하마터면 내가 그렇게 노출된 곳을 쳐다보는 일에 대한 좀 미묘한 문제를 이야기할 뻔했다. 여하튼, 우리 모두는 조만간 땅속으로 들어가리라. 그래서 나는 (내 생각에) 건강한 본능을 가진 정상 생물이 살 가능성이 없어 보이는 어둡고 끔찍하고 냄새나는 지하를 일행이 탐사할 준비를 하면 보통 거기서 빠진다.

하지만 매머드 온천 근처에 있는 지옥 같은 곳이 내 흥미를 끌었다. 그곳은 바로 데빌즈 키친이라 알려진 곳으로, 숨이 막히는 데다 앞도 보이지 않는 좁은 길이다. 아마도 충분히 뜨겁지 않은 탓에, 요즘에는 이곳에서 요리를 하는 일이 없지만, 오래된 동물원의 원숭이 우리에서 느낄 수 있는 이상하게도 뜨끈

뜨끈하고 갑갑한 기운이 풍겨 나온다. 내가 이 길을 따라 내려 간 까닭은 악마의 요리에 관심이 있어서가 아니라 예전부터 내 게 있었던 혐오감이 나중에 생긴 박쥐를 향한 편애에 크게 패 한 탓인데, 바로 이 부엌에 박쥐가 '나타난다'는 말을 들었기 때 문이다. 아니나 다를까, 어둠 속에서 알아볼 수 있는 한, 박쥐 여섯 마리가 내 눈에 보였다. 공원 관리감독을 맡고 있는 L. M. 브렛 대령 덕분에 표본을 채집하고 보니, 그 표본이 콜로라도 주 북쪽에서는 그전까지 단 한 번도 발견된 적이 없는 남쪽에 사는 종 긴귀박쥐라는 사실을 알고 정말 놀랐다. 녀석들이 이곳 에서 겨울을 나는지, 아니면 많은 동족 박쥐처럼 남쪽으로 가는 지 밝혀 내는 것은 흥미로운 일이 될 것이다. 이곳처럼 따스하 고 안전한 침실을 찾으려면 녀석들은 먼 길을 가야만 하리라. 적도까지 내려간다 한들, 따뜻하긴 하지만 골칫거리 해충까지 있는 터라, 박쥐들은 아마 자신들의 일생에서 가장 행복했던 밤 은 데빌즈 키친에서 보냈던 그 나날들이라 믿을 것이다.

6

속뜻은 좋은 스컹크

나는 스컹크라면 가슴 깊이 감탄해 마지않는다. 사실, 이 동물이야말로 미국에 어울리는 상징이라고 나는 한때 주장했다. 무엇보다도 스컹크는 이 대륙에서만 사는 독특한 동물이다. 머리에는 별모양이 나 있고 몸통에는 줄무늬가 있다. 녀석이야말로 이상적인 시민이다. 자신의 일만 신경 쓰고, 아무도 다치게 하지 않는 데다, 건드리지 않고 내버려 두는 한 선천적으로 해를 끼치지 않는다. 하지만 누가 화를 돋우기만 하면 그 누구든 아무리 많은 수라도 당당히 맞설 것이다. 스컹크가 타고난 공격 기술은 경탄할 만하다. 스컹크와 맞붙고 나서 비통하리만큼 후회해 보지 않은 사람은 이제껏 아무도 없었다.

그러나 이러한 특징에 더해 몇몇 다른 나라들이 독수리

를 이미 그들의 상징으로 삼고 있음에도 불구하고, 미국의 상징을 내 견해처럼 스컹크로 바꾸는 데 필요한 대중적 지지를 충분히 얻지 못했다.

스컹크는 대서양에서부터 태평양을 아우르고 멕시코에서부터 저 먼 북쪽 캐나다 황무지에 이르기까지 서식하고 있는데, 물론 기후에 따라 크기와 색깔은 다양하지만, 어디를 가나 녀석이 보여 주는 성격과 방어하는 방식은 똑같다.

스컹크는 숲과 초원 사이에 놓인 평탄하지 않은 땅에 많이 살고, 고지대나 빽빽한 숲은 피하는 것 같다.

옐로스톤 공원에는 스컹크가 흔하지 않아도 매머드 온천과 얀시 주위에서 때때로 나타나며, 나는 그중 두 번째 장소에서 스컹크를 알게 되어 아주 즐겁게 지냈다.

스컹크의 악취 뿜는 총

이 동물이 자신을 방어하기 위해 끔찍한 악취를 풍길 수 있다는 것은 누구나 아는 사실이지만, 그 악취가 무엇인지 또는 어떻게 만들어지는지에 대해 대부분의 사람들이 알지 못한다. 우선 반드시 강조해야 할 사실은, 이 악취가 스컹크의 신장이나 성기와는 전혀 상관이 없다는 점이다. 이 악취는 단지 분비기관, 그러니까 꼬리 아래에 있는 분비선 한 쌍에서 나오는 아주 분화된 사향 냄새다. 이 냄새는 스컹크가 목숨이 달린 위험에 처했거나, 그렇다고 생각될 때 자신을 지키기 위해 사용된다. 하지만 어떤 스컹크는 이 악취를 단 한 번도 쓰지 않고 평생을 살지도 모른다.

스컹크는 자신의 힘이나 바람의 세기에 따라 2, 3미터 거리를 두고 악취가 나는 분비물을 뿌린다. 만일 이 분비물이 공격자의 눈에 닿을 경우, 일시적으로 눈이 먼다. 입으로 들어간다면 몹시 불쾌한 메스꺼움을 유발한다. 분사물이 폐로 들어갈 경우, 구역질이 올라올 뿐 아니라 숨까지 막힌다. 이 지독한 분사물에 사람과 개가 완전히 눈이 멀었다는 기록이 여럿 있다. 그리고 한 소년은 이로 인해 목숨까지 잃었다.

미국인들 대부분이 스컹크가 뿜어 내는 악취의 공포를 어느 정도 알고 있지만, 스컹크를 그냥 내버려 두면 전혀 해가 없다는 사실은 거의 알지 못한다. 외진 곳에 사는 사람들을 만나 보면 그중에는 이 동물이 여느 술 취한 카우보이처럼 무턱대고 제멋대로 악취를 쏘아 대며 돌아다닌다고 생각하는 이들이 아직도 있다.

잔인한 강철 올가미

며칠 전 나는 친구와 함께 숲 속을 걷다가 스컹크 한 마리와 마주쳤다. 친구는 큰 소리로 개를 불러 만일에 일어날지도 모를 재난에서 개를 구하기 위해 녀석을 붙잡은 다음, 스컹크가 도망갈 수 있도록 뒤로 물러서자고 내게 외쳤다. 하지만 검은색과 흰색이 섞인 겁 없는 놈이 도망치지 않기에, 나 또한 물러서지 않고 아주 천천히 다가가 보았다. 스컹크는 싸움의 신호로 자신의 자리를 지키고 서서 꼬리를 등 뒤로 높이 들어 올렸다. 나는 녀석에게 말을 걸며 계속 가까이 다가가다가, 3미터쯤 떨어진 곳에서 녀석의 발 하나가 덫에 걸려 끔찍하게 망가진 것을 알아보고 깜짝 놀랐다.

나는 내가 친절한 사람이라는 등등 갖가지 좋은 말을 하면서 아래로 몸을 숙였다. 스컹크가 천천히 꼬리를 내렸고 나는 더 가까이 다가갔다. 그래도 그렇게 짧은 시간 사이에 알게 된 고통받고 있는 이 야생 동물에게 손은 직접 대고 싶지 않아, 작은 통을 가져다가 살그머니 스컹크 위로 덮은 다음, 올가미를 제거한 뒤 집으로 데려왔는데, 녀석은 이제 내 집에서 평안하고 안락하게 살고 있다.

내가 이 이야기를 하는 이유는 우리가 친절하고 현명하게 다가가면 스컹크도 친절하고 현명하게 반응하는 동물이라는 것을 알리기 위해서다. 또 하나 덧붙이는 사실은, 나중에 알고 보니 이 스컹크가 올가미에 걸린 채 3일 밤낮을 심한 고통 속에서 몸부림치고 있었다는 것인데, 우리가 야생 동물을 다루는 방식

이 어떠한지를 보여 주는 슬픈 예다.

친절한 스컹크

이제부터 하는 이야기는 옐로스톤 공원에 사는 스컹크 가족과 내가 겪었던 진기한 경험의 서론이다. 아시 맞은편으로 지금도 있는 작은 오두막에서 여름을 보내는 동안, 나는 동물을 관찰할 기회라면 하나도 놓치지 않았다. 그 가운데 한 가지 방법으로 길과 오두막 주위 흙을 매끈하게 쓸어 버려, 밤중에 지나가는 동물이라면 누구라도 발자국을 남기도록 해서 녀석들이 최근에 다녀갔다는 것을 알 수 있게 만들었다.

어느 날 아침 밖에 나가 보니 스컹크 한 마리가 갓 남긴 발자국이 나 있었다. 다음 날 밤에 발자국이 또 보였는데, 사실 스컹크 두 마리가 남긴 것이었다. 하루쯤인가 뒤에 근처 통나무 호텔에서 일하는 요리사가 말하길 스컹크 두 마리가 매일 저녁마다 찾아와 주방 문밖에 있는 쓰레기통에서 먹이를 먹는다고 했다. 그날 밤 나는 녀석들을 보기 위해 지키고 있었다. 해 질 녘 스컹크 한 마리가 꼬리를 반쯤 치켜들고 조용히 걸어왔다. 호텔에서 키우는 개와 고양이 모두 스컹크가 다가왔을 때 문간에 있었다. 녀석들이 새로 온 놈을 흘깃 쳐다보더니, 고양이는 조심스레 안으로 들어가 버리고, 개는 가슴에서 으르렁 소리를

내긴 했지만 조심하면서도 아주 꼿꼿하게 자리를 떠나서는 먼 곳을 쳐다보았는데, 녀석의 등에 난 털은 여전히 곤두서 있었다. 내가 3미터 떨어진 곳에 있는데도, 스컹크는 쓰레기통으로 뒤뚱거리며 걸어가 안으로 기어 올라가서는 저녁 식사를 먹기 시작했다.

또 한 녀석이 나중에 왔다. 날카로운 소리가 조금이라도 커질 때마다 스컹크들이 꼬리를 펼쳤지만, 아무도 녀석들을 해치려 들지 않았고, 녀석들은 배를 채운 다음 제 갈 길을 갔다.

이 일이 있은 후로 나는 저녁마다 스컹크가 밥을 먹는 모습을 보러 나갔다.

가까운 거리에서 스컹크 사진 찍기

나는 사진을 한두 장 찍고 싶어 안달이 났지만 조명이 형편없어 찍을 수가 없었다. 빛은 겨우 어슴푸레했고, 그 시절에는 훌륭한 플래시파우더도 없었다. 그래서 방법은 하나밖에 없었는데, 바로 내 모델들을 덫으로 잡는 것이었다.

다음 날 밤 나는 평범한 상자 덫을 준비해서 스컹크들을 기다렸는데, 녀석들이 올 시간이 아닌데도 흑백사진을 찍기에 딱 좋은 모델이 꼬리를 깃발처럼 높이 들고 외양간을 돌아 주방 쪽을 향해 풀밭을 가로질러 당당하게 걸어오는 모습이 보였다.

상자 덫은 만반의 준비가 되었고, 우리—내 아내를 포함한 여자 두 명과 전형적인 산지 사람들인 남자 여섯 명—는 지켜보았다. 고양이와 개가 골이 난 채 자리를 비켰다. 스컹크는 관심받는 데 익숙한 녀석답게 구미 당기는 냄새를 풍기는 미끼 놓인 상자 덫으로 킁킁 냄새를 맡으며 배짱 두둑하게 다가왔다. 여우는 말할 것도 없고, 밍크나 담비라면 상자 안으로 들어서기 전에 조금 더 주위를 살폈을 것이다. 이 스컹크 녀석은 조금도 시간을 낭비하지 않았다. 강력한 악취를 풍기는 까닭에 모든 것 위에 군림하는 작은 군주인 녀석에게 두려울 것이 뭐가 있겠는가? 녀석이 집에 들어가는 듯 상자 안으로 들어가서 미끼를 물자, 상자 덫에 문이 쳐졌다. 풋내기 구경꾼들은 스컹크가 악취를 뿜어 댈 거라 예상했지만, 나는 녀석이 결코 냄새를 낭비하지 않으리라 상당히 확신하고 있었기에 주저하지 않고 상자로 다가가서 틀림없이 입구가 닫힌 것을 확인했다. 이제 나는 포로가 갇힌 상자를 내 사진 작업실로 옮기고 싶었지만, 혼자서 옮길 수 없었기에 남자들에게 와서 도와 달라고 부탁했다. 마을을 총으로 들쑤시는 사람을 죽이자 하거나, 목숨을 건 모험을 같이 하자고 부탁했다면 틀림없이 쾌히 도와줄 지원자 여섯 명을 얻었을 테지만, 야생 스컹크가 들어가 있는 상자를 옮기자고 하니 "100달러를 줘도 싫다." 하면서 용사들은 뒤로 사라져 버렸다.

그래서 나는 아내에게 말했다. "당신은 이 상자 옮기는 것을 도와줄 만한 용기가 있잖아? 아무 일도 일어나지 않는다고 내 장담하지." 그러자 아내가 다가왔고 우리는 내가 준비해 놓은 울로 상자를 가져가, 다음 날 스컹크를 실컷 사진에 담았다. 내가 2미터 정도 떨어져서 사진을 찍고 있자니 스컹크가 한 번 이상은 꼬리를 높이 들어 올렸지만, 그럴 때도 나는 더할 나위 없이 침착한 모습으로 조용히 미안하다는 말과 함께 설명을 해 주었다. "나한테 냄새를 발사하지 말아 줘. 우리는 좋은 친구가 될 거란다. 나는 너를 무슨 일이 있어도 해치지 않아. 자, 부디 그 전투 깃발을 내리고 착하게 있어 줘."

조금씩 꼬리가 아래로 내려가더니, 포로는 내가 사진을 찍는 동안 그저 호기심 어린 눈으로 나를 쳐다보았다.

나는 울을 이루고 있던 철망을 간단히 치워 녀석을 풀어 주었는데, 그러자 녀석은 내가 '집'이라 부르는 오두막 바로 밑으로 뒤뚱뒤뚱 사라져 버렸다.

스컹크와 오두막을 함께 쓰다

다음 날 밤 침대에 누워 있는데 오두막 바닥에서 코를 킁킁거리며 긁어 대는 소리가 났다. 침대 가장자리 너머로 살펴보다가 내 친구 스컹크와 얼굴이 딱 마주쳤다. 녀석과 나는 겨우

30센티미터 떨어진 채 코를 마주하고 있었고, 녀석 바로 뒤로 스컹크 한 마리가 또 있었다. 생각건대 녀석의 짝일 것이다. 내가 말했다. "안녕! 또 왔구나. 만나서 기쁘다. 네 친구는 누구니?" 스컹크는 아무 말 하지 않았지만 화나 보이지도 않았다. 분명 새로 온 스컹크는 녀석의 짝이었으리라. 그렇게 해서 스컹크는 내 오두막 바닥 아래서 살기 시작했다. 아내와 나는 여름이 끝나기 전에 스컹크와 녀석의 부인과 아주 잘 아는 사이가 되었다. 낮에는 우리가 오두막을 썼지만, 밤에는 스컹크가 썼다. 우리는 언제나 녀석들을 위해 먹다 남은 음식을 놔두었고, 녀석들도 언제나 해 질 녘에는 그것을 먹기 위해 올라왔다. 녀석들이 우리 쓰레기를 깨끗이 치워 준 덕택에 파리와 쥐가 꼬이지 않았다. 우리가 밤마다 찾아오는 손님들을 다치게 하거나 놀라게 하지 않도록 조심하자, 그 여름 동안 아무 공격도 받지 않고 지낼 수 있었다. 우리는 서로를 가장 친절하게 대했고, 오두막을 떠나면서는 스컹크 가족 손에 그곳을 넘겼는데, 여러분들이 그곳을 들르고 싶다면, 내가 아는 한 스컹크 가족이 여전히 그곳에 살고 있을 것이다.

스컹크와 어리석은 붉은스라소니

앞서 말했다시피 나는 일종의 방명록을 만들기 위해 매일 밤

22. 붉은스라소니가 스컹크를 뒤쫓으며 남긴 발자국 기록

오두막 주위 흙을 매끈하게 쓸었다. 그렇게 하면 아침마다 밖으로 나가 발자국을 살펴 누가 다녀갔는지 확실히 알 수 있었기 때문이다. 물론 아무것도 찍혀 있지 않은 밤도 많았다. 어떤 날은 동물들이 남기고 간 자취가 사소하기도 했지만 또 어떤 날은 흥미진진하기도 했다. 이렇게 해서 나는 코요테가 쓰레기통을 뒤지기 위해 다녀가고 스컹크가 집 밑에 자리를 틀었다는 것을 알았으며, 그림처럼 남겨진 자취를 통해 흥미로운 사실들도 배우게 되었다. 나는 산을 여행할 때마다 언제나 이 연구 방법을 사용하는데, 그러고 보니 약 20년 전 뉴멕시코에 살았을 때 내 인내심에 보답을 해 준 아주 흥미로운 발자국 기록이 생각난다.

어느 날 밤 몹시도 불쾌한 스컹크 냄새가 나면서 그 뒤를 이어 묘한 소리가 숨죽여 들리다 사라지는 바람에 나는 잠에서 깨고 말았다. 동틀 녘 밖으로 나가 보니 내가 맡았던 스컹크 냄새가 결코 꿈이 아니라 엄연히 일어난 사실이었음을 알게 되었다. 내 흙 방명록을 참고하자 거기에 새겨진 발자국을 얻을 수 있었는데, 조금 간략하게 정리해서 그림 22에 올렸다. A지점에서 스컹크 한 마리가 등장해 B지점을 돌아다니고 있을 때, 배고픈 살쾡이나 붉은스라소니가 C에 나타난다. 무언가 잡아먹을 거리가 있다는 것을 눈치채고 붉은스라소니가 D로 다가간다. 침입자를 지켜보고 있던 스컹크가 이렇게 말한다. "나를 내

23. 여섯 장으로 이루어진 붉은스라소니의 추적

버려 두는 게 좋을걸." 그러면서 소란을 일으키고 싶지 않아 E 를 향해 떠난다. 하지만 틀림없이 어린 데다 초짜인 붉은스라 소니는 뒤를 쫓는다. F지점에서 스컹크가 몸을 휙 돌려 말한다. "좋다, 어디 맞고 싶으면 맞아 봐라!" G지점에서 붉은스라소니 가 스컹크의 분비물을 맞는다. G부터 H까지 한참을 뛰어간 것 을 보면 그 충격이 얼마나 큰지 알 수 있다. J지점에서 붉은스 라소니가 바위에 부딪힌 것을 보니 아마 녀석이 눈까지 멀었던 것 같은데, 바위에 부딪히고 나서는 급히 내빼 버린다. 스컹크 는 그저 "내 말이 맞지!"라고 말하고는 단조롭게 이어진 길을 태연히 다시 걷는다. K지점에서 녀석은 죽은 닭의 살점 남은 것 을 발견해 배불리 먹은 다음 잠자리에 들기 위해 조용히 집으 로 향한다.

지금까지의 내용은 흙 위로 남겨진 발자국을 보고 내가 읽어 낸 것이다. 흔적이 아주 선명하게 남아 있었기 때문에 나는 상상 력을 바탕으로 사건이 일어난 순서에 따라 그림도 그려 보았다.

나의 애완동물 스컹크

내가 집에서 키우고 있는 스컹크에 대해 한마디 덧붙이지 않 는다면 스컹크라는 동물을 제대로 설명하지 못하고 넘어가는 셈이 될 것이다.

오랜 세월 동안 나는 스컹크를 적어도 한 마리씩 애완동물로 키워 왔다. 지금은 대략 60마리에 이른다. 나는 녀석들을 집 가까이에서 키우고 있는데, 집 안에도 제 마음대로 다니게 하고 싶지만 멍청한 개나 고양이가 주위를 어슬렁거리다가 본이 되는 이 작은 동물들을 건드려, 스컹크들이 자신을 방어하기 위해 자연이 가르쳐 준 정당하기 그지없는 행동을 하게 될까 봐 그러지는 못하고 있다. 하지만 그런 일이 생길까 봐 두려운 것은 아니다. 나 스스로도 스컹크들을 잘 다룰 뿐 아니라, 분노로 가득한 눈을 부릅뜬 많은 방문객들을 설득해 교육상 필요한 과정의 하나로 스컹크를 만져 보게 하기 때문이다. 사실 이 땅에는 우리의 이 올바른 작은 형제가 가장 크고 용감한 자도 도망치게 만들거나 비참하게 패배시킬 만큼 강한 무기를 가지고 있지만, 자신의 목숨이 절체절명의 위기에 처하지 않는 한 사용하지 않고 참는 데다, 그 무기를 쓴다 하더라도 몇 번이고 경고를 주고 나서야 공격할 만큼 상냥하고 인내심이 많다는 것을 아는 사람이 별로 없다.

내 이야기를 마무리 짓기 위해 어린 딸아이가 스컹크들에 둘러싸여 놀고 있는 사진을 올리는데, 한 가지 사실을 덧붙이자면 사진 24에 나온 이 스컹크 녀석들은 공격 능력을 충분히 발휘할 만큼 완전히 자랐다는 점이다.

(a)

(b)

24. 내가 길들인 스컹크들 (a) 어미 스컹크와 새끼들 (b) 딸 앤이 먹이를 주고 있다.

7

힘센 광부 오소리

아주 똑똑한 어느 신문기자가 땅파기라면 광적으로 좋아하는 오소리를 활용할 수 있는 법을 마침내 찾아냈다고 대서특필한 적이 있다. 기자가 오소리를 친절하게 돌보면서 증기압력속도계가 달린 작은 추 나침반을 달아 주자, 이 왕성한 굴착꾼은 목표 지점을 향해 훨씬 효율적으로 정확하면서도 똑바로 땅을 파고 내려갈 수 있어, 울타리 말뚝을 세우는 구멍을 파기 위해 사용하는 다른 모든 도구를 대신할 만큼 이 오소리를 마음대로 부릴 수 있었다고 한다.

유감스럽게도 나는 이 엉뚱한 착상에 반대하는 입장이었다. 하지만 매번 오소리가 파 놓은 구덩이에 발이 빠질 때마다 이 기사 생각이 났다. 오소리가 아무렇게나 여기저기 수없이 파 놓은 구덩이들은 너무나 사랑스럽지만 백해무익하다. 오소리가 가진 땅을 파 대는 이러한 힘을 조종해서 이용할 수만 있다면야 얼마나 좋을까.

사실 이 문제는 문명화된 사람이 정직한 오소리를 나무랄 수 있는 유일한 트집거리다. 물론 오소리는 말의 다리와 말 탄 사람의 목을 위태롭게 하는 구멍을 팔 것이다. 오소리가 뒤쥐와 들다람쥐, 프레리도그, 벌레, 그리고 농장에 해를 끼치는 갖가지 골칫거리를 제거해 주고, 수천 가지 다양한 방법으로 농사에 도움을 주고 있는지도 모르지만, 필요 없는 곳에다 울타리 말뚝 구멍을 파는 이 무분별한 행동 때문에 평원에 사는 모든 불법 점거자들 중 가장 친절하고 기운찬 녀석인데도 적이 많다.

용감하고 해가 없는 오소리

오소리는 드넓게 뻗은 건조한 들판에 들다람쥐와 물이 있는 곳이라면 위로는 서스캐처원부터 아래로는 멕시코, 동쪽 일리노이부터 서쪽 캘리포니아에 이르기까지 어디든 분포한다.

밋밋하게 굽이치는 몬태나의 들판과 애리조나와 뉴멕시코의 고지대, 마니토바의 대초원을 가로지르는 동안, 나는 인디언들이 미테누슥이라 부르는 오소리를 여러 번 만났다. 녀석은 나지막한 언덕에 자리 잡은 커다란 흰색 바위 같다. 하지만 바람이 불어와 오소리를 여기저기 후려치면, 몸을 움직여서 세상을 향해 자신은 햇볕을 쬐고 있던 오소리라고 당당하게 알린다. 오소리는 사람이 가까이 다가오는 것을 거의 허락하지 않는 동물이고, 그 습성은 안전한 옐로스톤 공원에 살고 있어도 마찬가지여서, 사람이 사진을 찍을 수 있을 만한 거리에 발을 내딛기도 전에 십중팔구 자신의 굴 속으로 후다닥 모습을 감춰 버린다. 오소리란 동물이 워낙 땅속에서 사는 데다 밤에만 활동하기 때문에 오랫동안 녀석이 사는 모습을 관찰할 수 없었지만, 설사 충분하지 못한 분량이라 몇 단락밖에 안 되는 정보라도 마침내 얻고 보니, 소를 키우는 사람들 사이에서는 평판이 나쁜 이 부끄럼 많은 동물이 마음이 통하는 무리 속에서 편하게 지낼 때는 참 사랑스러운 녀석임을 알 수 있었다. 강인하고 튼튼하며 끈덕진 데다, 최후의 순간까지도 용감한 오소리를 알면 알수록 우리는 녀석을 더욱 존경하게 된다.

오소리의 생김새를 간단히 살펴보자면, 녀석은 곰과 족제비가 반반씩 섞인 모습에다 무게는 약 10킬로그램이고, 은회색을 띠는 부드러운 털에 머리에는 검은색 표식이 나 있다.

오소리는 땅을 파서 들다람쥐를 주로 잡아먹고 살지만 새알이나 때로는 과일과 곡물도 마다하지 않는다. 이따금씩 일광욕을 할 때 말고는 낮에는 굴에서 지내고 밤에 주로 돌아다닌다.

오소리는 누가 건드리지 않는다면야 자기 일만 신경 쓰는 녀석이다. 그러나 오소리를 괴롭히려 드는 평원에 사는 동물에게 화 있을진저, 오소리가 불도그의 심장에 회색 곰의 앞발, 그리고 작은 악어의 턱을 가졌으니 말이다.

나는 이 은회색 녀석을 처음 만났던 때를 결코 잊을 수 없을 것이다. 때는 1882년, 수리 강 유역에 펼쳐진 벌판에서였다. 초원에 사는 이 너부죽하고 땅딸막하며 희끄무레한 짐승이 길에서 그리 멀리 떨어지지 않은 곳에 있는 것을 보자, 소년들이라면 누구나 강하게 느끼는 사냥꾼 본능에 휘몰려, 나는 녀석을 향해 달음박질쳤다. 오소리가 굴속으로 뛰어 들어갔지만, 알고 보니 녀석이 고른 굴은 깊이가 겨우 90센티미터밖에 되지 않아, 나는 놈의 몽땅한 꼬리를 붙잡는 데 성공했다. 나는 두 손으로 꼬리를 단단히 그러잡고, 녀석을 잡아당기고 또 당겨 보았지만, 놈이 나보다 더 힘이 셌다. 오소리는 벽에다 몸을 단단히 버틴 채 나에게 맞섰다. 공정하게 싸웠다면야 녀석이 도망칠 수 있었겠지만, 내게는 패거리가 있었고, 그 뒤에 일어난 일은 떠올려 봤자 좋은 기억은 아니다. 하지만 그때만 해도 나는 젊었던 데다 오소리를 본 것도 처음이었다. 나는 오소리 털가죽이 갖고 싶었고, 녀석의 반듯한 생활과 두려움 모르는 정신을 존경하라고 배운 적이 없었다.

1897년 여름, 나는 옐로스톤 공원 안 얀시에 머물고 있었다.

매일 주위에서 오소리의 흔적을 보았고, 어느 날 아침엔가는 카메라를 지니고 어슬렁거리다, 회색 외투를 입은 녀석이 들다람쥐가 새로 판 구멍을 찾아 초원을 헤매는 모습도 보게 되었다. 나는 몸을 낮춘 채 놈을 향해 달려갔다. 녀석은 곧 나를 알아챘는데, 놀랍게도 녀석이 날카롭게 으르렁거리면서 나를 향해 냅다 달려오지 뭔가. 녀석은 내가 이제껏 보았던 어떤 오소리와도 다르게 행동했지만, 그래도 사진 한 장 찍을 기회는 틀림없이 주었다. 나는 사진을 찍고 나서 두말할 필요 없이 내달렸기 때문에 위험을 피할 수 있었다. 우리는 30미터쯤 떨어진 거리에서 맹렬하게 쫓고 쫓기다가, 내가 보지 못한 오소리 구덩이에 '우당탕' 빠진 순간, 녀석도 알아채지 못한 구덩이 속으로 꼬리부터 '쿵' 빠져 버렸다. 한순간 우리는 둘 다 아주 멍청해 보였지만, 녀석이 나보다 먼저 정신을 차리고는 몇 미터 떨어진 곳까지 잽싸게 뛰어서 처음부터 틀림없이 들어가고자 마음먹었을 깊고도 넓은 구멍 속으로 쑥 들어가 버렸다.

오소리가 지닌 사교성

오소리가 지닌 성격 가운데 가장 독특한 것이 있다면 아마도 붙임성이리라. 물론 떼 지어 사는 것과는 아주 다른 사교성을 지녔다는 뜻이다. 보통 굴 하나마다 오소리 두 마리가 산다. 이 사실에는 이상할 것이 없지만, 오소리에 대한 기록을 보면, 아마도 미혼이거나 홀아비인 오소리가 같은 데라고는 하나도 없는 동물과 함께 생활한다는 사례가 몇 군데 나와 있다. 어떤 경우에는 코요테가 오소리와 함께 지내는데, 두 녀석이 나누는 우정의 밑바탕에는 참으로 적대적인 감정과 작정을 하고 강탈하려는 생각이 깔려 있다.

이 대표적인 관계가 생긴 그럴듯한 유래에 대해 이야기해 보겠다. 힘센 광부 오소리는 대초원에 사는 들다람쥐를 흙을 파서 몰아내는 데 아주 유능했다. 코요테는 자신의 빠른 발과 민첩함으로 오소리의 억센 턱에 물리는 것을 피해 가며 뒤따라다니면서 가까이 어슬렁거리다가, 들다람쥐들이 사는 굴 앞문에서 오소리가 땅을 파내면 이 설치동물들이 뒷문으로 뛰쳐나오리라는 것을 아주 잘 알고 쉽게 저녁을 해결할 수 있는 멋진 기회를 낚아챘다.

그러다 보니 코요테에게는 열심히 일하는 오소리를 따라다니는 습관이 생겨났다. 물론 처음에야 오소리도 자신이 가는 곳마다 귀찮게 따라붙는 이 기생충이 괘씸했겠지만, '처음에는 참아 보다가, 다음에는 측은해지면서 결국 품 안으로 받아들이게 되어', 아니 좀 더 조심스럽게 말한다면, 코요테가 있는 것에 익숙해지고 말았다. 인정 넘치는 오소리는 코요테에게 품었던 적대감을 잊어버렸고, 그로 인해 두 녀석은 함께 서로의 삶을 만족스럽게 살아가게 되었다. 녀석들이 굴도 같이 사용하는지는 모르겠다. 하지만 두 녀석이 같이 사는 것도 불가능하지만은 않은 것이, 영국 오소리와 여우 사이에서도 비슷한 일이 보고되었기 때문이다.

오소리와 코요테가 서로 앞서거니 뒤서거니 하면서 함께 돌아다니는 모습을 봤다는 사람이 여럿 된다. 그 관계가 어떻게 시작되었건 그러한 모습은 틀림없이 선의를 바탕으로 한 동반자 관계를 보여 준다.

친절한 오소리 이야기

그런데 내가 위니펙에 있을 때 들은 이야기 하나가 있는데, 오소리가 지닌 붙임성을 보여 주는 가장 흥미로운 사례이자, 목격자들이 없었더라면 여기에 늘어놓기 망설였을 이야기다.

1871년, 위니펙 북쪽 대평원에 자리 잡은 버즈 힐에 서비스 씨네가 살고 있었다. 그 부부에게는 일곱 살 먹은 해리라는 사내아이가 있었다. 소년은 별난 아이로, 나이에 비해 몸집이 아주 작았고 겁은 없었지만 수줍음을 탔다. 아이에겐 이상한 버릇이 있어, 개나 닭, 돼지 그리고 새를 따라다니면서 그 동물들이 우는 소리와 행동을 흉내 냈는데, 워낙 똑같이 따라 하다 보니 구경꾼들이 때로는 기이하다 여길 정도였다. 하루는 이 아이가 날아가 버리지는 않고 멀찌감치 물러서기만 하는 초원 뇌조 한 마리를, 꼬꼬 울면 따라 울기도 하고 또 고개를 까닥거리거나 날개를 퍼덕이면 자신도 고개를 까닥이거나 '날개'를 퍼덕이면서 살금살금 뒤따라 다녔다. 그렇게 계속 새를 따라 돌아다니다 보니, 강가에 서 있던 나무들 뒤로 집이 모습을 감추면서, 완전히 길을 잃고 말았다.

어른들은 아이가 몇 시간 동안이나 보이지 않아도 전혀 신경 쓰고 있지 않다가, 그날 오후 심한 뇌우가 몰아칠 때쯤에야 아이가 사라졌다는 사실을 알아챘다. 우선 대충 아이를 찾아보았지만 모습이 보이지 않자, 사태가 심각해지면서 대대적으로 아이를 찾는 일에 나섰다.

아버지와 어머니가 근처 이웃들과 함께 초원을 어두워질 때까지 찾아 헤맸고, 다음 날에는 새벽부터 사방으로 말을 타고 나가 아이 이름을 부르면서 아이가 남긴 흔적을 찾아다녔다. 하루 이틀이 지나자 이웃 사람들은 아이가 강에 빠져 휩쓸려 가 버린 것이라 여기고 찾는 것을 포기했다. 하지만 아이 부모는 희망이 모두 사그라지고 나서도 한참을 포기하지 않았다. 그리고 비탄에 잠긴 아이 어머니는 단 한 시간이라도 하늘의 도움을 구하는 기도를 올리지 않고 낮을 보내는 일이 없었고, 밤에도 남편과 함께 무릎을 꿇고서 예루살렘에 사는 아기들을 사랑하고 복 주는 그분께 자신의 아이도 지켜 주사 안전하게 돌아올 수 있게 간청했다.

악당

이 부부가 아이를 찾는 데 함께한 이웃 사람이 있었는데, 그는 오히려 꼬마 해리 서비스가 몹시도 싫어하게 된 사람이었다. 어느 정도는 아이들이 가지는 단순한 본능 때문에 해리가 그 사람을 싫어한 것이지만, 정확하게 꼬집어 말하자면 그 남자가 야생이든 길러서 키우는 것이든 자신의 힘 아래에 있는 동물들을 지독스레 잔인하게 다뤘기 때문이다. 겨우 일주일 전에도 그 사내는 오소리 두 마리가 사는 구멍을 우연히 발견하고 거기다 쇠덫을 설치했다. 덫을 설치한 날 밤 아비 오소리를 잡았다. 뾰족뾰족한 이빨이 난 덫은 사나운 턱으로 오소리 앞발을 둘 다 물었고, 오소리는 꼼짝없이 걸려들었다. 그로건이 아침에 와 보니 덫이 여기저기 긁힌 데다 피와 거품에 젖어 있었다. 오소리는 공정하게 싸울 수 있기만을 원했지만, 그로건은 멀찌감치 서서 오소리의 용맹스러운 눈에서 빛이 사라지고 싸우고자 으르렁거리던 소리가 잠잠해질 때까지 몽둥이만 휘둘러 댔다.

그로건은 덫을 모래 속에 다시 설치하고 자리를 떴다. 그는 서비스 씨 집으로 가서 운 좋게 잡은 죽은 오소리를 보여 주면서 도움을 얻어 그 가죽을 벗긴 뒤, 마을에 들어가 가죽을 좋은 값에 넘겨 흥청망청 다 써 버리고는, 3일 동안 덫에 대해서 까마득히 잊고 지냈다. 그사이 어미 오소리가 새벽녘에 집으로 오다가 덫에 발 하나가 걸리고 말았다. 어미는 힘껏 발을 잡아당겨 보았지만 치명적인 덫의 손아귀에서 빠져나올 수가 없었다. 어미는 그날 밤과 다음 날을 꼬박 몸부림쳤다. 어미에게는 돌보아야 할 새끼가 있었기 때문이다. 굴 아래에서 녀석들이 배고파 우는 소리에 어미는 거의 미칠 지경이었다. 하지만 덫은 튼튼한 쇠로 만들어진 데다 어미보다 훨씬 힘이 셌기 때문에, 마침내 굴에 있던 새끼들의 울음소리가 잠잠해지고 말았다. 이틀째 날에도 덫에 걸린 채 몹시 괴로워하던 어미가 필사적으로 발가락 하나를 갉아서 뜯어내고 나서야, 피가 뚝뚝 흐르는 발을 덫에서 빼낼 수 있었다.

어미는 제일 먼저 굴로 내려갔지만 너무 늦어 버렸다. 새끼가 모두 죽어 있었다. 어미는 새끼들이 누워 있던 곳에 녀석들을 그대로 묻은 다음 그 흉한 곳에서 서둘러 빠져나왔다.

어미는 우선 물을 찾아 마시고 나서 먹이를 잡아먹은 뒤, 저녁이 되자 지난 가을에 사용했던 낡은 굴을 향해 움직였다.

오소리가 아이를 구하다

그런데 꼬마 해리는 그동안 어디에 있었을까? 구름 한 점 없던 6월의 그날 오후, 집에서 나와 헤매던 해리는 강가에 길게 줄지어 서 있던 나무 너머로 눈에 익은 집마저 보이지 않게 되자 방향을 잃고 말았다. 그러다 우레를 동반한 소나기가 내리는 바람에 꼬마는 피할 곳을 찾았다. 주위로는 평평한 초원밖에 없었기에, 해리가 몸을 피할 만한 유일한 곳이라곤 오소리 구멍뿐이었지만, 몸집이 작은 해리가 들어가기에도 굴은 그다지 넓지 않았다. 해리는 굴 안으로 들어가서 폭풍이 부는 동안 꽤 편하게 지냈는데, 폭풍은 밤이 되도록 계속 불었다. 그러다 저녁 무렵 킁킁거리는 소리가 나더니, 커다란 회색 동물이 하늘을 등지고 불쑥 나타나서는 땅에 난 발자국과 굴 입구 냄새를 맡았다. 그런 다음 녀석이 머리를 안으로 들이밀자, 해리는 녀석 얼굴에 난 검은 자국을 보고 그것이 오소리라는 것을 알았다. 해리는 바로 3일 전에 오소리 한 마리를 봤었다. 이웃 아저씨가 해리 집으로 오소리를 가지고 와 가죽을 벗겨 갔다. 그런데 눈앞에서 오소리가 킁킁거리며 냄새를 맡자, 해리는 여느 아이들과 달리 별로 두려워하는 기색 없이 녀석을 쳐다보다가, 이 방문객이 한쪽 발은 발톱이 다섯 개지만, 다른 쪽 발은 틀림없이 얼마 전 덫에 걸려 다친 바람에 슬프게도 발톱이 네 개뿐

이라는 것을 알아챘다. 어미 오소리가 안으로 들어오려는 것을 보니, 보나마나 해리가 몸을 피한 곳은 오소리 굴이었지만, 해리는 굴을 내줄 마음이 전혀 없었다. 오소리가 으르렁거리며 안으로 들어오자 해리는 "나가!"라고 비명을 지르면서 조그만 두 손으로 주먹을 쥐고 오소리를 때렸다. 해리가 했던 말을 그대로 빌리자면, "나는 오소리 얼굴을 긁었고, 오소리는 내 얼굴을 긁었어요". 해리에게 큰 상처를 입히지 않은 것을 보면 오소리는 분명 마음이 너그러웠다. 자신이 집주인이면서도 밖으로 나가 다른 곳에서 잠을 자기까지 했다.

밤이 찾아왔다. 해리는 몹시 목이 탔다. 입구 가까이로 빗물이 고여 있었다. 꼬마는 엉금엉금 기어 나가, 갈증을 푼 다음 따뜻한 굴속으로 들어갈 수 있는 한 가장 깊숙이 파고들었다. 그러다 기도 드리는 것이 생각난 해리는 하느님께 '엄마를 보내' 달라고 간청하면서 울다 잠이 들었다. 그날 밤 오소리가 다시 안으로 들어온 바람에 아이는 잠에서 깼지만, 아이가 뭐라 꾸짖자 오소리는 밖으로 나가 버렸다. 다음 날 아침 해리는 빗물이 고인 웅덩이를 다시 찾아가 물을 마셨다. 이제는 몹시 배가 고팠다. 굴 가까이 나 있던 덤불에 들장미 열매가 몇 개 달려 있었다. 아이가 열매를 따 먹어 보았지만 배고픔은 더 심해졌다. 그때 들판으로 무언가가 움직이는 모습이 보였다. 오소리일지도 몰라서 아이는 굴로 들어가 지켜보았다. 말을 탄 사람이 전

속력으로 달려오고 있었다. 가까이 다가온 사람이 바로 해리가 너무나 싫어하는 이웃 아저씨 그로건이었기 때문에, 해리는 눈에 보이지 않도록 굴속으로 몸을 감췄다. 그날 아침 두 번씩이나 사람들이 말을 타고 지나갔지만, 순간적으로 든 수줍은 마음에 해리는 사람이 올 때마다 숨어 버렸다. 오소리가 점심 때 돌아왔다. 입에는 뇌조를 물고 있었는데, 깃털이 꽤 말끔히 뽑혀 있었고, 살점이 조금은 먹혀 버리고 없었다. 오소리가 전과 마찬가지로 킁킁 냄새를 맡으며 굴속으로 들어왔다. 해리가 소리쳤다. "꺼져! 나가라구." 오소리가 뇌조 고기를 떨어뜨리더니 고개를 들었다. 해리가 손을 뻗어 고기를 손에 쥐고는 몹시도 굶주려 시장한 사람답게 게걸스레 먹어 치웠다. 굴 안으로 들어오는 길이 틀림없이 또 하나 있었던지, 오소리는 나중에 아이 뒤에 있었고, 한참 뒤 아이가 잠이 들자 어미 오소리도 들어와 아이 옆에서 잠을 잤다. 잠에서 깬 아이는 오소리의 부드럽고 따뜻한 털이 자신과 벽 사이 틈을 메우고 있다는 것을 알았고, 그것 때문에 아주 편안하게 잠을 잤다는 것도 알았다.

그날 저녁 오소리가 뇌조 알을 하나 가지고 와 아이 앞에 깨지지 않은 채로 내려놓았다. 아이는 허겁지겁 알을 먹어 치운 다음, 타는 목을 축이기 위해 물이 말라 가던 진흙 구덩이로 나가 물을 마셨다. 밤에 또다시 비가 내리는 바람에 아이가 추웠을 수도 있었지만, 오소리가 찾아와 아이를 꼭 감싸 주었다. 한

두 번은 아이 얼굴도 핥아 주었다. 아이는 알 수 없었지만 나중에 아이 부모가 알게 된 바에 따르면, 이 오소리가 바로 새끼를 잃었던 그 어미로, 마음 가득 무언가 사랑할 것을 몹시 바라고 있었던 것이다.

이제 아이에게는 버릇 두 가지가 생겨났다. 우선 매일 아이를 찾아 지나가는 사람들을 피하게 되었고, 다른 하나는 어미 오소리에게 음식과 보호를 의지하면서 오소리의 삶을 살게 되었다. 오소리가 종종 아이 입맛에 전혀 맞지 않는 죽은 쥐나 들다람쥐를 가져오기도 했지만, 예닐곱 번은 벌집이라든지 먹잇감인 새의 알도 가져왔고, 또 한번은 어떤 여행자의 점심 주머니에서 떨어진 것이 틀림없는 빵 한 조각도 길에서 주워 가져왔다. 해리가 주로 겪은 어려움은 물이었다. 들판에 있던 물웅덩이는 그저 축축한 진흙으로 말라 버렸고 아이는 그 진흙에 입술과 혀만 간신히 적셨다. 아마도 오소리는 왜 아이가 자신이 주는 젖을 받아먹지 않는지 이상하게 여겼을 것이다. 하지만 비가 충분히 자주 내려 물 때문에 심각하게 힘들지는 않았다.

이제 그들은 함께 하루를 보냈고, 아이들이라면 모두 가지고 있는 따라 하기 능력이 특히 뛰어났던 해리는 오소리가 화날 때 으르렁거리는 소리와 기분 좋을 때 그르렁거리는 소리를 따라 했다. 오소리와 해리는 때때로 들판에서 술래잡기 놀이를 하다가도 낯선 이가 멀찌감치 보이기라도 하면 당장 굴 아래로 도망칠 준비를 했다.

2주가 흘렀다. 말을 타고 질주하던 사람들은 더 이상 매일 지나다니지 않았다. 해리와 오소리는 서로가 사는 방식에 익숙해졌고, 이상하게 보일지 모르지만, 아이에게서 집에 대한 기억이 벌써 흐릿하게 희미해져 버렸다. 두 번째 주로 접어들었을 때, 사람들이 한두 번 지나가긴 했지만, 아이는 이제 습관적으로 사람들을 피해 버렸다.

잃어버린 아이를 찾다

어느 날 아침 해리는 물을 찾아 마시기 위해 굴에서 좀 더 멀리 떨어진 곳을 헤매다가 말 탄 사람이 나타나는 바람에 깜짝 놀랐다. 이제 기어서도 잘 달리게 된 아이는 굴을 향해 기어 도망쳐 굴속에 몸을 숨겼다. 아이가 들판에 자란 풀 사이에 있을 때는 몸을 숨길 수 있었지만, 오소리 굴이 민둥민둥한 둔덕에나 있다 보니, 말을 타고 가던 사람 눈에 굴속으로 사라지는 희끄무레한 것이 언뜻 보였다. 그 사내에게 오소리는 눈에 익은 동물이었지만, 굴속으로 사라져 버린 것은 별나게도 노란색을 띠는 데다 검은색 자국도 없는 이상한 생김새였다. 그래서 사내는 20미터 근처까지 조용히 다가가 기다려 보았다.

몇 분이 지나자 회색빛 도는 노란색 공 모양을 한 그것이 천

천히 모습을 드러내더니 머리칼이 황갈색인 아이의 머리로 변했다. 젊은 사내는 땅으로 뛰어내려 앞으로 달려 나갔지만, 아이가 사내의 손이 닿지 않는 굴 깊숙한 곳으로 도망쳐 들어갔고 밖으로 나오려 들지 않았다.

그러나 이 아이가 바로 잃어버렸던 해리 서비스임에 틀림없었다. "해리! 해리야! 날 모르니? 사촌 형 잭이야." 젊은이는 부드럽게 달래는 목소리로 말했다. "해리, 이리 나와서 형이 널 엄마에게 데려다주도록 해 줄래? 이리 와, 해리! 봐! 여기 과자도 있어!" 하지만 아무 소용이 없었다. 아이는 야생 동물처럼 사내를 향해 쉿쉿 소리를 내며 으르렁거렸고, 모퉁이에 막혀 더 이상 물러설 수 없는 곳까지 굴속으로 깊숙이 들어가 버렸다.

잭은 이제 칼을 꺼내 그 좁은 길로 기어 들어갈 수 있을 만큼 굴을 팠다. 잭은 단번에 어린아이의 팔을 잡아챘고 몸부림치며 울어 대는 아이를 끌어냈다. 그런데 구멍에서 사납게 으르렁거리는 오소리 한 마리도 튀어나오는 게 아닌가. 녀석은 싸울 자세로 거칠게 콧김을 내뿜으며 잭을 향해 돌진했다. 잭은 채찍을 휘둘러 오소리를 떨쳐 내고는, 소중한 아이를 데리고 안장 위로 휙 올라탄 다음 목숨이 걸리기라도 한 듯 달려갔다. 그 뒤를 오소리도 한동안 뒤쫓았지만 얼마 못 가 뒤로 쳐져 버렸고, 녀석이 콧김을 내뿜던 소리도 더 이상 들리지 않게 되었다.

다시 집으로

아이 아버지는 다른 쪽에서 오다가 이 이상한 광경을 목격했다. 말 한 마리가 초원 위를 미친 듯이 내달리고 있고, 말 등에는 젊은 사내가 시끄럽게 소리를 내지르는데, 사내의 품 속에서는 지저분한 어린아이가 자신을 붙잡고 있는 사람을 향해 으르렁거리기도 하다가, 얼굴을 긁으려고도 하고, 또는 벗어나기 위해 몸부림치고 있었다.

아이를 잃어버린 후 아버지는 감정의 오르내림에 익숙해져 있었지만, 젊은 사내가 외치는 소리에 얼굴이 창백해지면서 숨을 멈추고 말았다. "애를 찾았어요, 하느님 감사합니다! 애는 무사해요." 그러자 아버지는 소리치면서 달려 나갔다. "내 아들! 내 아들아!"

하지만 그는 거칠게 퇴짜를 맞았다. 아이가 궁지에 몰린 고양이처럼 매서운 눈초리로 아버지를 향해 쉿쉿거리며, 동물들이 발톱을 세우듯 손을 들어 위협했다. 아이가 표현하는 감정이라고는 두려움과 증오가 전부인 듯 보였다. 집에 이르자 문이 활짝 열리더니, 그동안 정신을 놓고 있던 어머니가 이제는 갑작스러운 기쁨에 넘친 나머지 그들을 향해 밖으로 뛰쳐나왔다. "내 아가! 내 아가!" 어머니가 흐느껴 울어도 꼬마 해리는 집을 나설 때의 해리가 아니었다. 아이는 자신을 붙잡은 사촌

형의 외투 자락에 머뭇머뭇 얼굴을 숨긴 채 짐승처
럼 할퀴고 으르렁대면서, 짐승 발톱 모양으로 손을
세우고는 공격할 듯 위협했다. 그러나 옛날부터 있었던 시계
가 재깍거리고, 베이컨 굽는 냄새가 풍기는 곳, 그림이 걸린 오
래되고 익숙한 방 안으로 어른들의 튼튼한 팔에 붙잡혀 들어가
어머니 무릎에 안기자, 누나 목소리가 들리고 아버지 모습이
보이면서, 그리고 무엇보다도 자신을 품에 안은 어머니가 마법
과도 같은 손길로 이마를 쓰다듬어 주며 "내 아가! 내 아가야!
아! 해리야, 엄마를 못 알아보겠니? 내 아들! 내 아들아!"라고
말하는 소리에 잠잠해졌다. 어머니 품속에서 몸부림치다 조용
해진 이 야생의 아이는 짐승 같은 분노를 가라앉히고, 목쉰 소
리로 쉿쉿거리는 대신 짧게 헐떡이면서 나지막하게 흐느끼기
시작하다가 엉엉 눈물을 쏟아 내더니, 지금껏 살았던 딴 세상
의 덮개가 벗겨지자, 어머니 품에 달라붙어 거침없이 "엄마, 엄
마, 엄마!" 소리를 뱉어 냈다.

　그런데 아이 어머니가 정답게 속삭이고 이마를 쓰다듬으며
아들을 되찾는 순간, 열린 문가에서 으르렁거리는 낯선 소리가
들렸다. 모두들 돌아보니 커다란 오소리 한 마리가 앞발을 문
지방에 대고 서 있는 것이 아닌가. 아버지와 사촌 형이 "오소리
다!"라고 외치며 총을 향해 손을 뻗자, 아이가 다시 비명을 지
르기 시작했다. 아이는 어머니 품에서 몸부림친 끝에 빠져나와

176

"내 오소리야! 내 오소리!"라고 외치며 문을 향해 뛰어갔다. 아이가 두 팔로 그 야생 동물의 목을 덥석 껴안았고, 녀석은 잃어버렸던 친구 얼굴을 핥아 주며 나지막이 가르랑가르랑 대답을 했다. 남자들이 오소리를 죽이려 들었지만, 물에서 아이를 구해 낸 훌륭한 개를 살려 주듯이, 예민한 통찰력을 가지고 있던 어머니가 오소리 목숨을 살려 냈다.

며칠이 지나서야 아이는 아버지가 가까이 다가오는 것을 허락했다. 해리가 한 설명은 "나는 저 아저씨가 싫어요. 매일 나를 지나치면서도 보지 않았어요."가 다였다. 분명 아버지가 지나다니긴 했다. 오소리 굴이 집에서 겨우 3킬로미터 떨어진 곳에 있었으니 아버지도 사방으로 아들을 찾아 돌아다니면서 그곳을 몇 번이고 지나쳤다. 그러나 아들의 황갈색 머리는 알아보지 못했던 것이다.

아이 어머니는 오랜 시간이 걸려서야 그것도 조금씩 조금씩 여러분이 지금까지 읽은 내용을 알아낼 수 있었지만, 여러 군데 분명하지 않은 구석도 있었다. 아이가 2주 동안 행방불명되지만 않았더라도 이 모든 이야기를 꿈이나 정신착란으로 여기고 치워 버렸을 것이다. 아이 입술이 진흙물을 먹었던 탓에 시커멓게 갈라졌고, 오소리가 집까지 따라와 아이의 둘도 없는 친구가 되었다는 것 말고는, 아이는 이제 건강하고 튼튼해졌다.

아이가 때로는 예전처럼 똑같이 가족들에게 이야기하다가

도, 또 때로는 두 손과 두 발로 뛰어다니며 오소리와 함께 쉿쉿 대고 으르렁거리며 함께 맞붙어 싸우는 이 두 생활 사이를 오가는 모습은 기이한 광경이었다. 아이와 오소리는 새로 우물을 파내느라 쌓아 놓은 나지막한 모래 더미 위에서 '언덕 빼앗기 놀이'를 자주 하고 놀았다. 꼭대기에 올라간 녀석이 아래에 있는 친구를 향해 자신을 끌어 내려 보라고 충동질하다가 자리를 빼앗기면 서로를 잡고 끌고 하면서 바닥으로 굴러떨어진다. 해리가 깔깔거리고 웃으면 오소리도 고음의 독특한 소리를 내는데, 기분이 좋아 내는 소리가 아니라 한다면 으르렁거리는 소리로 들릴 법도 했다. 틀림없이 오소리가 웃는 소리였다. 그 시절 해리는 무엇이든 원하면 거의 다 받았지만, 오소리도 자기 침대에서 자야 한다고 고집을 피웠을 때는 어머니마저 충격을 받았다. 하지만 어머니는 그렇게 해 주었다. 밤이 늦은 시각 아이와 오소리가 자고 있는 방에 들어가 보곤 하던 그녀는 자신의 아기가 그 이상한 짐승과 함께 몸을 둥글게 말고 곤히 잠들어 있는 모습을 보며 질투심에 가슴이 조금 에이기도 했다.

이제 해리가 친구를 먹일 차례였기 때문에 둘은 나란히 앉아 밥을 먹었다. 오소리는 완전히 한 가족이 되었다. 그러나 한 달 뒤, 참으로 이야기하지 않고 넘어가고 싶은 일이 일어나 버렸다.

짐승 같은 사람

해리가 굴속으로 숨어 버리도록 제일 처음 겁을 주었던 그 기분 나쁜 이웃 사람 그로건이 서비스 씨네 농장에 말을 타고 찾아왔다. 해리는 그때 집 안에 있었다. 오소리는 모래 더미 위에 있었다. 오소리를 보자마자, 그로건은 총을 꺼내면서 외쳤다. "오소리다!" 그에게 오소리란 그저 죽어야만 하는 것이었다. "탕!" 소리에 그 다정한 동물이 총에 맞아 피를 흘리며 굴러 떨어졌지만, 녀석은 몸을 추슬러 집을 향해 기어갔다. "탕!" 살인자가 또다시 총을 쏘자 식구들이 문밖으로 급히 달려 나왔지만 너무 늦었다. 해리가 오소리를 향해 소리를 지르며 달려갔다. "오소리야! 내 오소리야!" 해리는 자신의 작은 두 팔로 피가 흐르는 오소리의 목을 껴안았다. 오소리는 힘없이 해리에게 몸을 부비면서 나지막이 가르랑거리다가 신음 소리를 내더니 점점 그 소리마저 희미해지면서 천천히 몸을 떨구고는 해리 품 안에서 숨을 거두었다. "내 오소리! 내 오소리야!" 울부짖던 아이가 그로건을 향해 짐승같이 사나운 모습으로 길길이 날뛰었다.

"네놈을 죽여 버리기 전에 당장 꺼져!" 아이 아버지가 소리를 지르자, 몸집이 큰 그 인디언 혼혈은 뚱한 표정을 지으며 말에 올라타더니 그곳을 떠나 버렸다.

아이의 삶을 차지하던 커다란 부분이 뚝 잘려 나가자 아이는 마치 치명타를 맞은 듯 보였다. 그 충격은 아이가 견딜 수 있는 것 이상이었다. 아이는 하루 종일 신음 소리를 내며 슬피 울었고, 비명 소리를 내지르다 경기마저 일으켰다. 해 질 무렵 기진맥진해진 아이는 밤이 되어도 잠을 거의 이루지 못했다. 다음 날 아침 아이는 열이 펄펄 끓었고, 계속 "내 오소리!"를 큰 소리로 불렀다. 그다음 날에는 아이가 죽음의 문턱까지 이른 것처럼 보였지만, 일주일이 지나자 몸이 좋아지기 시작하더니 3주 만에 예전처럼 건강한 모습과 아이다운 명랑함을 되찾았다. 때때로 슬픈 기억 때문에 아프기도 했지만, 그것도 점점 잦아들었다.

아이는 사냥꾼들의 땅에서 자라 청년이 되었지만, 이웃집 아들들이 재미로 짐승을 죽이는 놀이를 결코 좋아하지 않았고, 죽는 날까지 오소리 가죽을 볼 때면 사랑과 다정함 그리고 후회하는 마음이 들었다.

여기까지가 내가 들었던 오소리 이야기인데, 더 자세히 알고 싶은 사람들은 위니펙에 사는 메디슨 대주교님이나 R. M. 심슨 박사, 또는 킬도난 출신인 조지 A. 프레이저 부인을 찾길 바란다. 이들이 하는 이야기가 각각 세부적인 면에서 다를지 몰라도, 세 사람 모두 전체적인 줄거리는 틀림없노라 다짐했기 때문에, 나도 기쁘게 이 이야기를 전한다. 초원 위로 나지막이 솟은 흙무더기에 앉아 있는 힘세고 해로운 데 없으며 고결하기까지 한 저 야생 동물에게 이처럼 다정한 습성이 있다는 것을 여러분들도 깨달아서, 나와 마찬가지로 녀석을 사랑하고 또한 그 종족을 멸종 위기에서 구하는 방법을 찾는 데 동참하길 바라는 마음 간절하다.

8

다람쥐와 꼬리가 홱홱 움직이는 그 형제들

하이어워사(전설적인 아메리카 인디언 영웅—옮긴이)가 다람쥐를 '하늘에 떠 있는 꼬리'란 뜻인 '아지다우모'로 이름 붙여 줬다는 것을 여러분도 기억할 것이다. 이 하늘에 떠 있는 꼬리 한 마리가 약 25년 전, 우즈호 기슭에서 내가 오지브와 인디언과 함께 인디언들이 붙인 동물 이름을 확인하고 있을 때 머리 위에서 수다스럽게 떠들고 있었다. 물론 우리는 붉은다람쥐를 일찌감치 알아챘다.

내가 다람쥐를 '아-지-다우-모'라고 부르자, 인디언이 고쳐 줬다. 그는 '아-칫-아우-모'라고 불렀다. 내가 인디언들이 부르는 그 이름을 '하늘에 떠 있는 꼬리'라고 옮기자, 그가 진지한 목소리로 말했다. "아닙니다, 그 이름은 머리가 아래로 향한다는 뜻입니다." 그는 내가 놀라는 것을 눈치채고는 인디언다운 공손함으로 이렇게 덧붙였다. "아니, 맞습니다. 당신이 옳아요. 다람쥐 머리가 아래로 향하면 꼬리는 반드시 위로 올라가게 돼 있으니까요." 자연주의 사상가 소로도 채찍질을 하듯 꼬리를 휙휙 휘두르는 붉은다람쥐에 대해 말했는데, '다람쥐(squirrel)' 란 단어는 라틴어 '스키우루스(Sciurus)'와 그리스어 '스키아-오우라(Skia-oura)'에서 온 것으로 '그늘지게 하는 꼬리'란 뜻이다. 그러니까 다람쥐를 뜻하는 이 모든 이름은 다람쥐 꼬리가 햇빛 가리개와 신호기, 덮개, 그리고 낙하산이 되어 녀석을 섬기는 놀라운 깃발임을 알려 준다.

넉살 좋은 소나무다람쥐

그늘을 만드는 꼬리가 달린 아지다우모에게 엄청나게 넓은 영토가 떨어졌다. 캐나다 전역과 로키 산맥 대부분이 그의 것이다. 녀석이 새로운 환경에 적응해도 몸에 큰 변화가 없긴 하지만, 소나무 숲이 있고 기후가 서늘한 곳이면 어디든 집으로 삼는 데다 환경 조건이 각각 다른 다양한 서식지에서 생활하기 때문에, 선조 다람쥐에서 나온 후손 다람쥐가 20종이나 된다. 크기나 꼬리, 털가죽의 종류나 색깔이 전문가들이 보기에는 다를지 몰라도 내가 보기에는 그 모든

25. 겨울철 먹이로 버섯을 저장하는 붉은다람쥐

다람쥐가 생활하는 방식이나 우는 소리, 그리고 성질에서 하나같이 똑같다.

소나무다람쥐는 옐로스톤 공원 근처 로키 산맥에서 발견된다. 녀석이 동쪽에 사는 붉은다람쥐보다 색깔이 더 진하긴 해도, 나는 다른 차이점은 발견하지 못했다. 소나무다람쥐는 붉은다람쥐와 똑같이 공격적이고 잔소리가 심하며, 피논소나무(북미 서부 지역에서 자라는 소나무의 일종—옮긴이)와 그 열매를 사랑하고, 사귀는 친구도 똑같고 적도 똑같지만, 버릇에서 한가지 부차적인 차이가 나는데, 바로 버섯을 저장하는 방법이 다르다.

피논소나무 열매는 북쪽의 전나무 지대에서부터 적도의 열기를 지나 저 멀리 아르헨티나 남단 푸에고 섬에 이르기까지 아낌없이 주는 자연의 품 안에서 자라는 모든 열매 중 아마도 가장 맛있는 나무 열매일 것이다. 모든 야생 동물들이 피논 열매를 즐긴다. 다람쥐들에게 피논 열매는 단순한 생명의 양식이 아니다. 그 열매는 고기이자 감자고, 빵이자 꿀이며, 돼지고기와 콩, 빵과 케이크, 설탕과 초콜릿일 뿐만 아니라, 위로의 극치이며, 끝없는 기쁨을 약속해 주는 것이다. 하지만 피논 열매가 해마다 열리지는 않는다. 다른 나무들처럼 열매가 열리지 않는 해도 있기 때문에, 다람쥐들에게 겨울을 나기 위해 모으는 다른 먹을거리가 없다면 녀석들이 곤란한 상황에 처할지도 모른다.

내가 남부 로키 산맥에서 한철을 보냈던 해에는 피논 열매가 열리지 않았는데, 9월이 찾아오자 이와 같은 응급 상황에서 다람쥐들이 무엇을 하는지 볼 수 있었다. 가을 내내 언덕 비탈마다 셀 수 없이 많은 독버섯과 버섯이 삿갓을 점점이 펼쳤고, 통통하고 몸에 좋은 버섯 종류들도 보였다. 그 버섯 중 몇 가지가 독버섯이긴 해도 많은 버섯이 몸에 좋은 음식이라는 것은 잘 알려진 사실이다. 과학자들이야 오래 걸리는 실험을 통해 어떤 버섯이 먹을 수 있는 버섯인지 가려낼 수 있다. "버섯을 먹어 봐라. 버섯을 먹고도 당신이 살아 있으면 좋은 버섯이고, 먹고 죽으면 독버섯이다."가 한 가지 확실한 방법으로 그동안 알려져 왔다. 다람쥐들도 오래전에 이 방법을 써 본 것이 틀림없다. 녀석들이 좋은 버섯을 기막히게 골라내기 때문이다. 그래서 녀석들은 소나무 열매가 열리지 않을 때는 그 대신 버섯을 겨울 식량으로 모으느라 늦여름 내내 바쁘다.

그런데 만약 준비가 철저한 다람쥐가 피논 열매를 저장할 때처럼 구멍이나 땅속에 버섯을 저장한다면, 버섯은 틀림없이 얼마 가지 않아 물컹해져 썩을 것이다. 다람쥐는 이런 실수를 하지 않는다. 녀석은 나뭇가지가 갈라지는 곳에다 버섯을 모아 두는데, 그러면 버섯이 잘 말라 먹기 좋은 상태로 있게 된다. 게다가 다람쥐는 지혜로워 사슴이 닿지 못할 만큼 높고 바람에 떨어지지 않을 만큼 낮은 곳에다 버섯을 모아 둔다.

여러분이 다람쥐가 자주 출몰하는 숲을 어슬렁거리다가, 솔방울에서 갓 잘라 낸 껍질로 어지러이 뒤덮여 있거나 이따금 상당히 많은 솔방울 껍질이 무더기로 곁에 쌓여 있는 통나무나 나무 그루터기와 종종 마주친다면, 바로 다람쥐 작업장을 찾은 것이다. 여기가 바로 다람쥐가 솔방울 껍질을 벗기는 곳이다. '깨끗한 알곡'만은 필요한 때가 될 때까지 어딘가의 지하 곡물창고에다 저장해 둔다.

소나무다람쥐는 속이 텅 빈 나무 속에 둥지 트는 것을 좋아하지만 밖에다가 둥지를 틀기도 하는데, 멀리서 보면 쓰레기 더미처럼 보인다. 조사해 본 결과, 이 둥지는 폭이 15센티미터에 높이가 7센티미터인 살기 편리하고 따뜻한 집이었다. 나무 껍질로 이엉을 올린 지붕은 물이 샐 염려가 없고, 집으로 들어가는 문은 나무껍질로 교묘하게 겹겹이 둘러싸여 있기 때문에 피에 굶주린 적이나 살을 에는 듯한 겨울 돌풍으로부터 모두 안전하다.

줄무늬다람쥐와 들다람쥐

붉은다람쥐가 키가 큰 나무에 있을 때만 안전하고 행복하다면, 녀석의 친척들은 어느 모로 보나 완전히 다른 환경을 찾아냈다. 붉은다람쥐의 증조할아버지 육촌뻘 되는 다람쥐들이 모두 무더기로 나무에서 사는 생활을 버렸다. 녀석들은 다코타 주 농부들처럼 평원에서 행복하게 살기 위해 정착했다. 그곳에서 녀석들은 자신들의 집 현관계단보다 높은 것을 넘어 다닐 필요가 없었기에 나무 위로 올라 다닐 수 있는 마지막 자취마저 잃어버렸다. 이 녀석들이 바로 들다람쥐로, 미시시피 강 서쪽 대부분 지역에 있는 정원과 농장에서 여러 가지 면으로 골칫거리다.

들다람쥐와 진짜 다람쥐 중간에 있는 것이 다람쥐 가문에서 가장 귀엽고 유명한 저 우아한 줄무늬다람쥐다. 줄무늬다람쥐는 숲과 초원 사이 경계 지역에 출몰하는 녀석으로, 무엇인가 얻을 것이 있다면 나무에 오르지만, 들다람쥐처럼 위험이 닥칠 때면 자라기를 멈추지 않는 키가 제일 큰 나무보다 어머니 대지가 더 안전한 피난처라는 것을 알고 있다.

말뚝 행세하는 들다람쥐

옐로스톤 공원에서 워낙 그 숫자가 많아 눈에 잘 띄는 동물이 말뚝땅다람쥐다. 거대한 강줄기를 따라 평평하게 펼쳐진 건조한 들판 어느 곳에서나 녀석들이 떼 지어 모여 있는 것을 나는 보았다.

말뚝땅다람쥐는 보통 다람쥐와 아주 비슷하게 생겼지만 털가죽에서 진흙 빛이 더 돌고, 꼬리도 오랫동안 방치해 둔 탓에 조상 때부터 전해 오던 깃발은 단순한 흔적으로만 남았다. 녀석은 땅을 파는 기술이 놀랍게 발전했지만, 자신의 집 현관 주위로 만들어 놓은 작은 둔덕보다 높은 것이라면 전혀 오르지 못한다.

말뚝땅다람쥐가 여러 가지 면에서 흥미롭고 별난 동물이긴 해도, 녀석에게는 눈감아 주기 힘든 버릇이 하나 있다. 밖에만 나가면 태양과 눈부시게 파란 하늘 그리고 매력 넘치는 세상이 펼쳐진 이 땅으로 말뚝땅다람쥐는 늦봄이나 되어서야, 때로는 5월 1일이나 되어서야 느릿느릿 나와, 타오르는 여름이 가득한 땅 위로 온갖 생물이 풍성해지는 8월 중순에 갑자기 쑥 물러가 버린다. 녀석은 3개월 반의 짧은 기간 만에 땅속으로 들어가 8개월 반이라는 길고 긴 시간 동안 잠만 잔다. 그리고 3개월 반 기간에도 환한 대낮에만 땅 위로 올라오기 때문에, 1년 중 겨우 두 달만 활동을 하고, 나머지 열 달, 즉 수명의 5분의 4는 죽은 듯이 곯아떨어져 지내는 셈이다.

물론 녀석은 다른 모든 친족들만큼 자신도 충분히 활동을 하지만 그 시간을 쪼개 중간에 휴식 기간을 길게 가질 뿐이라고 답할지도 모른다. 이 변명이 옳은지 틀린 것인지 지금으로서는 우리가 판단할 증거가 없다.

말뚝땅다람쥐가 주위를 살펴보고 싶을 때는 문간에 자리 잡

은 둔덕 위로 올라가 몸을 곧추세우고 앉아 있는데, 적이 다가
오는 것에 놀라기라도 하면 앞발을 옆구리에 바짝 붙이고 몸을
더 똑바로 세우고 앉기 때문에, 가까이서 보면 나무로 만든 말
뚝 같아 보여 이름도 말뚝땅다람쥐가 되었다.

　종종 뭘 잘 모르는 초보들이 말을 먹이러 저녁나절 밖으로
나가 풀이 우거진 들판에서 점찍어 둔 땅으로 가다가 이렇게
외치곤 한다. "재수가 좋군! 여기에 누군가가 박아 놓은 말뚝이
있어." 하지만 그 말뚝으로 3.5~3미터 앞까지 말을 몰고 가다
보면 말뚝이 조그만 소리로 '치르르'거리다가 아래로 사라져
보이지 않게 된다. 그러면 앞서 말한 초보는 왜 그 동물이 그런
이름을 얻었는지 깨닫는다.

　1897년 여름 나는 얀시 근처 공원에서 지내면서 날마다 말뚝
땅다람쥐를 보고 녀석들이 생활하는 방식을 배울 기회가 있었
다. 내 오두막 주위에 펼쳐진 작은 들판에 녀석들 수천 마리가
살고 있었기 때문이다. 내 생각에 이 계곡의 평평하게 펼쳐져
있는 들판 약 1200평 넓이마다 말뚝땅다람쥐 가정 열 식구가
살았다고 말해도 무리가 없을 것 같다.

칭크와 말뚝땅다람쥐

코요테에 관한 장에서 이미 말했지만, 그해 여름 야영지에서

우리는 칭크라고 불리는 어린 개를 키웠다. 녀석은 이제 갓 자기 자신을 창창한 앞날이 펼쳐진 비범한 개라고 여길 정도의 나이였다. 칭크는 가만히 있는 일 말고는 시도해 보지 않은 일이 아마 거의 없었을 것이다. 녀석은 항상 무언가 우스꽝스럽고 불가능한 일을 해 보려고 들거나, 혹시 가능한 일을 시도하는 경우라도 언제나 녀석만의 방식으로 갖은 애를 쓰다가 결국 망치고 말았다. 한번은 아침나절 내내 곧게 자란 데다 키도 큰 소나무 위로 올라가 보겠다고 용을 썼는데, 그 나뭇가지에서는 소나무다람쥐 한 마리가 낄낄거리며 웃고 있었다.

칭크가 살았던 삶 가운데 몇 주 동안 녀석이 간절히 품고 있던 큰 뜻이 있었다면, 그건 바로 야영지 주위 들판에서 우글거리던 말뚝땅다람쥐 한 마리를 잡아 보는 것이었다.

칭크는 이 계곡에 들어서자마자 말뚝땅다람쥐 한 마리를 잡기로 결심했다. 물론 항상 그러듯이 녀석이 자신만의 방식으로 일을 시작하긴 했지만 처음부터 그릇된 짓이었다. 칭크 주인이 말하길, 녀석의 몸속에 아일랜드 기질이 흘러서 그렇다고 했다. 아무튼 칭크는 말뚝땅다람쥐로부터 400미터 떨어진 곳까지 아주 공을 들여 몰래 다가갔다. 약 100미터를 이 풀숲에서 저 풀숲으로 배를 대고 기어가더니, 지나치게 초조해진 나머지 도저히 기어가지 못할 만큼 흥분해서는 네발로 서서, 상황을 완전히 파악하고 굴 옆에 몸을 곧추세우고 앉아 있던 들다람쥐

26. 말뚝땅다람쥐 뒤를 밟는 칭크

를 향해 곧장 걸어가 버렸다.

이렇게 무턱대고 드러내고 걸어가기를 1, 2분쯤 했을까, 칭크는 엄청 신이 나 주의를 기울이는 것 따위는 내팽개쳐 버렸다. 녀석은 내달리기 시작했고, 가장 조심스레 다가가야 할 거리건만 멍멍 짖어 대면서 들다람쥐를 향해 껑충껑충 뛰어갔다. 적당한 순간까지 나무 말뚝처럼 앉아 있던 들다람쥐는 쯧쯧 하고 비웃으며, 뒷발로 땅을 박차면서 칭크가 간절하게 벌리고 있던 입속으로 모래를 수북이 차 넣고는 땅 아래로 쑥 들어가 버렸다.

똑같은 일을 매일 반복하면서도 칭크는 여전히 포기하지 않았다. 그해 여름 건방진 말뚝땅다람쥐 때문에 칭크 녀석의 입속으로 모래가 분명 몇 바가지는 쏟아져 들어갔으리라.

녀석은 최후엔 인내가 결국 승리한다고 철석같이 믿고 있는 듯 보였는데, 사실 그렇게 되긴 했다. 하루는 녀석이 평상시답지 않게 아주 공을 들여 유별나게 커다랗고 좋아 보이는 말뚝땅다람쥐를 향해 몰래 다가가면서 자신만의 갖은 이상한 전술을 죄다 실행하다가, 마지막에는 당당하고 난폭하게 돌진해 들어가 정말로 그 사냥감을 잡았다. 하지만 이번에 잡힌 것은 알고 보니 나무 말뚝이었다. 개들도 자신이 바보짓거리 한 것을 알까 의심하는 사람이 있다면 그날 사람 눈을 피해 부끄러워하며 텐트 뒤로 몰래 숨어든 칭크를 봐야만 한다.

줄무늬다람쥐

줄무늬가 난 털가죽에 꼬리를 높이 쳐들고 길이란 길은 모두 가로질러 다니면서, 공원 내 수목이 울창한 지역을 관통해 난 길을 따라 줄지어 쌓여 있는 통나무 더미 위에서 쯧쯧 소리를 내는 저 활기찬 작은 동물이 줄무늬다람쥐란 것은 모두가 아는 사실이다. 나는 매머드 온천과 노리스 간헐천 분지 사이로 1.5킬로미터쯤 뻗어 있는 길을 따라가다가 종종 줄무늬다람쥐 수천 마리를 보곤 했다. 공원 전체를 한 바퀴 둘러보는 여행자라면 눈을 뜨고 다니는 한 아마 줄무늬다람쥐 수만 마리를 보게 될 것이다. 모두가 첫눈에 줄무늬다람쥐를 알아보긴 하지만, 녀석들이 서로 완전히 다른 세 종류로 나뉜다는 사실은 한 번 더 자세히 살펴봐야 알 수 있다.

줄무늬다람쥐인 척하는 들다람쥐

우선 덩치가 가장 크긴 하지만 제일 흔하지 않은 놈은 학명이 시텔루스 라테랄리스 시네라센스(*Citellus lateralis cinerascens*)인 큰줄무늬들다람쥐, 황금땅다람쥐, 또는 세이들다람쥐로 불리는 녀석이다. 녀석 차림새가 줄무늬다람쥐 같긴 해도 줄무늬다람쥐는 결코 아니고, 줄무늬다람쥐가 되고 싶어 몹시 애쓰는 들다람쥐다. 녀석이 사는 생활 습성이나 털가죽 그리고 줄무늬를 보면 줄무늬다람쥐 같지만, 명백한 증거로 이 들다람쥐의 두개골과 골격을 들여다보면, 녀석은 그저 들다람쥐일 뿐이고, 저 천한 말뚝땅다람쥐와는 사촌 사이라는 것을 알 수 있다.

나는 이 들다람쥐를 특히 공원 고지대에서 쉽게 발견했다. 녀석은 주로 바위 사이를 제 집으로 삼고 산지에 사는 들다람쥐 종이긴 하나 건물 아래에다 둥지를 틀고 사는 것도 마다하지 않는다. 나는 공원에 있는 레이크 호텔 뒷문 근처에서 세이들다람쥐를 아주 많이 보았는데, 그곳에서 오랫동안 보호를 받고 살다 보니 사람을 거의 두려워하지 않았다. 조그만 설치동물이 대부분 그러하듯이, 이 녀석들도 곡식을 먹고 살아야 하지만, 실제로는 잡식성이라 씨앗과 과일뿐만 아니라 고기와 알도 기꺼이 먹는다. 워런은 〈콜로라도에 사는 포유동물〉에서 이 들다람쥐 한 마리가 블루버드 새끼를 잡아먹는 것을 보았다고 말한다. 옐로스톤 공원에서도 고기를 먹는 모습을 보았다고 덧붙였다. 친구 두 명과 함께 말을 타고 길을 가던 워런은 세이들다람쥐가 양팔에 조그만 새끼 들쥐를 끼고는, 통나무 위에 태연하게 쪼그리고 앉아, 옥수수 속에서 낟알을 파먹듯 들쥐 살을 뜯어 먹는 것을 보았다. 들쥐는 대개 성가신 동물이라 여겨지는 데다 아마 성미 고약한 녀석이 잡아먹혔을 테지만, 겉모

198

습은 순진함의 화신이자 너무도 우아한 작은 동물이, 곡식을 먹는 동물이라는 훈장은 죄다 걸치고 있으면서, 동족을 잡아먹는 그 잔혹한 일에 무자비할 만큼 탐닉하고 있었다는 사실을 생각하니 아주 불쾌한 기분이 든다.

네발 달린 새, 북부줄무늬다람쥐

동부들다람쥐를 처음으로 만났던 초기 동식물 연구가들은 그 녀석에게 타미아스 또는 '집사'라는 이름을 붙여 주었다. 나중에 북부줄무늬다람쥐를 발견하고 보니 이 녀석은 동쪽에 있는 사촌보다 줄무늬다람쥐와 더 가깝다는 것이 밝혀졌다. 새롭게 발견된 이 녀석은 동부들다람쥐의 특징을 모두 가지고 있었지만 더 발달되어 있었다. 그래서 동식물 연구가들은 녀석에게 유타미아스라는 이름을 붙여 주었는데, '고급' 또는 '최고급' 줄무늬다람쥐란 뜻이다. 최고급의 이 절묘한 아름다움을 지닌 작은 동물은 매력적이고 우아하며 새 같은 데다, 민첩하고 활발한 네발 동물이 될 조건을 분명 모두 다 갖추고 있다. 녀석은 색을 제외한 모든 면에서 유타미아스라 할 수 있고, 또는 보다 강해진 타미아스라 할 수 있다. 북부줄무늬다람쥐 꼬리는 몸 비율에 비해 아주 긴 편이고, 다른 다람쥐들과 달리 보통 꼬리를 곧추세우고 다니기 때문에, 녀석이 풍기는 일반적인 인상은 아랫도리에 줄무늬가 난 조그만 동물을 달고 있는 커다란 꼬리 같다고나 할 수 있다.

엘로스톤 공원에 난 길 주변에 녀석이 지나칠 만큼 많은 까닭은 두 가지 이유 때문이다. 우선 먹이 문제인데, 화물마차에서 귀리가 끊임없이 쏟아진다. 두 번째로, 길을 깨끗이 만들기 위해 잘라 내 옆으로 던져 놓은 소나무 더미를 그대로 보호하고 있어서다.

동부줄무늬다람쥐는 산에 사는 다람쥐들에게서는 내가 미처 알아차리지 못한 버릇이 하나 있는데 그것은 바로 노래하는 버릇이다. 날이 눈부시게 상쾌해지는 초봄과 늦가을이 되면, 동부줄무늬다람쥐는 통나무나 그루터기, 아니면 다른 높은 곳으로 올라가 새가 노래하듯 '척', '척', 또는 '촉', '촉' 하고 빠르게 반복하면서 넘쳐흐르는 기쁨을 노래로 표현한다. 녀석은 멈추지 않고 2, 3분 동안 이렇게 노래하는데, 녀석이 부르는 노래는 숲에서 들리는 즐거운 노래 중 거기에 깃든 음악성 때문이라기보다는 그 소리로 연상되는 모습에서 매력을 느끼게 되는 노래에 속한다.

만약 서부줄무늬다람쥐가 그 모양이나 여러 가지 버릇처럼 음악성에서도 다른 다람쥐들보다 훨씬 앞선다면, 나는 자신의 넘치는 기쁨을 노래로 거침없이 표현하느라 열중해 있는 녀석이 나이팅게일처럼 노래 부르기를 기대해야 할 것이다.

나는 서부 매니토바에 있던 낡은 제재소에서 동식물 연구가였던 한 친구와 보낸 나날을 결코 잊을 수 없다. 제재소는 작은 줄무늬다람쥐들이 사는 소나무 숲 속에 있었다. 녀석들은 제재소와 그곳에 쌓인 나무 더미로 빗발치듯 드나들며 특히 마구간을 자주 이용했다. 그곳에서 녀석들은 자비로운 신의 섭리가 먹고 잘되라고 자신들에게 선물로 준 귀리를 마구 먹어 치웠다. 놈들이 제재소에 몰려 있었기 때문에, 그곳에는 수백 마리, 아니 거의 수천 마리가 넘는 다람쥐들이 있었는데, 햇빛이 비치는 낮에는 마당을 가로질러 어느 곳을 둘러보나 다람쥐들이 열두 마리 또는 더 많이 무리 지어 모여 있는 것을 볼 수 있었다.

그 낡은 제재소는 낡은 양조장에 쥐가 들끓는 것처럼 다람쥐들로 들끓었다. 하지만 다람쥐들은 아름다운 외모 말고도 여러 가지 면에서 쥐보다 우수했는데, 녀석들은 냄새가 나지 않고, 심술궂지도 않은 데다, 밤에 돌아다니지도 않았다.

낮 동안 다람쥐들은 어디든지 있었고 무엇에나 들어갔다. 어쩌다 양철 상자를 몇 시간 동안 열어 놓은 바람에 우리가 가지고 있던 얼마 안 되는 식량이 한번 심하게 줄기도 했지만, 너무나도 아름다운 다람쥐 녀석들을 보는 즐거움에 놈들을 용서해 주었다. 우리가 때마다 누리던 즐거움 중 하나는 식사를 하고 나서 의자에 기대어 앉아, 발이 넷 달린 이 새들이 눈을 민첩하게 움직이면서 식탁 위로 기어올라 남은 찌꺼기를 먹어 치우며 작은 접시든 큰 접시든 모두 깨끗하게 핥는 모습을 지켜보는 것이었다.

모든 줄무늬다람쥐와 들다람쥐처럼 이 동물도 볼 주머니가 잘 발달되어 있어 겨울에 먹을 식량인 씨앗과 뿌리를 집으로 운반할 때 사용한다. 아니 겨울이 아니라 이른 봄이라 말해야 할 것 같다. 들다람쥐처럼 줄무늬다람쥐도 흰빛 매서운 겨울이 찾아오자마자 긴긴 휴식을 취하기 위해 땅속으로 들어가기 때문이다.

하지만 녀석의 덩치 큰 사촌처럼 너무 일찍 들어가거나 너무 늦게까지 땅속에 머무르지는 않는다. 10월에도 활발히 움직이는 녀석들을 볼 수 있는데 심지어 눈 속을 뛰어다니기도 한다. 콜로라도 브레큰릿지에서 나는 10월 31일이나 됐는데도, 다람쥐 한 마리가 통나무 위에 앉아 휘몰아치는 눈보라 속에서 풀인가 씨앗인가를 먹는 모습을 보기도 했다. 쇼쇼니 인디언이 사는 고지대에 겨울이 찾아온 1898년 10월 8일, 나는 이 쾌활한 동물 한 마리가 눈 속을 뛰어다니고 있는 모습을 보았다. 녀석이 나를 지켜보기 위해 돌 위에 멈추자 나는 재빨리 그 모습을 그림으로 그렸다.

그러다 다시 4월 초 봄이 되면 녀석들이 밖으로 나오기 때문에, 1년 중 적

어도 7개월을 땅 위에서 지내는 셈이다. 녀석의 둥지는 땅 밑으로 깊숙이 파고 들어간 기다란 굴 끝에 자리 잡은 방으로, 주로 뿌리 사이에 있어, 혹시나 땅을 파서 자신들을 찾아낼지도 모르는 천적들이 둥지를 파내기 어렵게 만든다. 하지만 새끼가 어떻게 자라나는지에 대해서는 알려진 바가 아직 거의 없다. 이 흥미로운 동물에 대해 우리가 가진 지식에 무엇인가를 공헌하고 싶은 젊은 동식물 연구가라면 여기 그 기회가 있다.

줄무늬가 있는 피그미, 난쟁이줄무늬다람쥐

북부줄무늬다람쥐와 아주 비슷해서, 녀석의 새끼로 흔히 오해받는 다람쥐가 바로 난쟁이줄무늬다람쥐(*Eutamias minimus*)인데, 북미 대륙 중앙에 넓게 자리 잡고 있는 건조한 지역에 널리 퍼져 있다. 아주 쉽게 찾을 수 있는 데다 눈에도 잘 띄는 녀석이지만, 이 난쟁이줄무늬다람쥐에 대해 알려진 내용은 사실 거의 없다. 녀석이 아마도 다른 친척들과 아주 비슷한 생활을 할 것이므로, 땅속 깊은 곳에다 따뜻한 방을 만들어 한번에 새끼를 네 마리에서 여섯 마리를 낳아 키우고, 그렇게 자라난 녀석들은 씨앗이나 곡물, 과일과 풀, 열매나 벌레, 새, 새알이면 무엇이건 먹고, 심지어 쥐에 이르기까지 친족들이 먹는 것은 대부분 다 먹을 테지만, 아무도 그 사실을 증명해 낸 이가 없다.

여러분이 만약 정확히 관찰해 낼 수만 있다면 틀림없이 과학에 훌륭히 기여하게 될 것이다.

9

토끼와 녀석이 가진 버릇

늘대가 당연히 자신이 가진 턱을 자랑스러워하고, 영양이 다리를 자랑스러워한다면, 내 생각에 토끼는 분명 그 누구와도 비길 데 없는 생식력을 아주 자랑스러워할 것이다. 이 능력을 더할 나위 없이 강력하게 만들기 위해 토끼는 자신의 원기 왕성한 몸에서 나오는 엄청난 힘을 모두 다 바쳤고, 그리하여 자신만의 장기를 증대시키는 데 성공함으로써 그 어떤 단 하나의 재능보다 가치 있는 일을 종족을 위해 해냈다.

토끼는 방어할 무기가 없는 데다 너무나도 어리석다. 토끼 대부분이 먼 거리를 빠르게 뛰어갈 능력은 없지만, 번식에 있어서만은 탁월하기 때문에 천적이 빠르게 자신들을 잡아먹는 만큼 그 빈자리를 채워 넣는다. 물론 녀석들이 1년에 몇 번씩

27. 눈더미에 덮인 집토끼처럼 보이는 눈덧신산토끼

가족을 이루지 않았다면 아마도 몇 세기 전에 핏줄이 끊겼을 것이다.

로키 산맥에 살고 있는 토끼 가운데 크게 주목받는 토끼는 세 종류로, 솜꼬리토끼와 눈덧신산토끼 그리고 산토끼다. 녀석들 모두 바위틈에 살며 토끼가문의 먼 육촌뻘 되는 작은 굴토끼와 함께 옐로스톤 공원에 사는 대표적인 토끼들이다.

영리한 얼음땡 도사 몰리 솜꼬리토끼

나는 종종 동물들이 '얼어붙는 것'에 대해 설명할 기회가 있었다. 근처에 천적이 있다는 것을 갑자기 깨닫거나 뜻밖의 상황이 닥쳤을 때 동물들은 얼어붙는 버릇이 있는데, 그렇게 되면 온몸을 완전히 빳빳하게 만들어 위험이 사라지거나 적어도 무슨 상황인지 이해될 때까지 그대로 멈춘다.

몰리 솜꼬리토끼는 '얼음땡'을 아주 잘하는 동물 중 하나다. 무엇을 해야 할지 모르겠으면, 옛적부터 내려온 서부 속담인 '당황스럽거든 결코 서두르지 마라.'를 지켜, 아무것도 하지 않는다. 이 몰리 솜꼬리토끼는 아주 겁이 많은 동물이다. 크고 날카로운 소리면 어떤 소리든 녀석을 놀라게 만들 수 있고, 그 소리에 조마조마해진 녀석은 당장 움직이는 것을 멈추고 다만 '얼어붙기' 십상이다. 이 사실을 기억하고 있다가, 다음에 솜꼬

리토끼를 만나게 되면 사진을 찍어 보길 바란다.

1902년 7월, 나도 그렇게 해 보았다. 나는 다코타 주를 흐르는 샤이엔 강 기슭에서 수 인디언 무리와 함께 야영을 하고 있었다. 인디언들은 가족과 함께 있었는데, 해 질 무렵, 인디언 소년 중 한 명이 총을 찾아 인디언 천막집인 티피 안으로 뛰어 들어가더니 총을 들고 나와 풀밭을 향해 발사했다. 소년의 남동생은 그들의 '아빠'가 자랑스러워할 만한 인디언 함성을 내지른 다음, 앞으로 쏜살같이 달려 나가, 마지막 발길질을 해 대는 통통한 솜꼬리토끼를 들어 올렸다. 그리 멀지 않은 곳에 녀석보다 크기가 작은 솜꼬리토끼 한 마리가 또 보이자, 인디언 아이들 여섯 명이 막대기로 무장하고는 살금살금 기어가더니 갑자기 막대기를 날려 버렸다. 토끼는 막대기에 맞아 쓰러졌고, 녀석이 정신을 차리기 전에 개가 녀석을 물었다.

나는 좀 떨어진 곳에 있었다. 이 소란스러운 소리를 들으며 피워놓은 모닥불을 향해 내가 돌아오는데, 그곳에 있던 인디언 안내원이 6미터쯤 떨어진 곳에서 소년들을 쳐다보고 있는 솜꼬리토끼 한 마리를 가리켰다. 안내원은 장작개비 하나를 들어 올렸다.

안내원을 본 소년들은 토끼가 한 마리 더 있다는 것을 알고 녀석이 있는 곳으로 달려갔다. 나는 소년들이 저녁거리로 먹을 사냥감을 이제 충분히 잡았다고 생각했기에 불쌍한 몰리를 죽

이지 않기를 바랐다. 하지만 그렇게 말해서는 소년들을 멈추게 할 수 없다는 것을 알았다. 그래서 이렇게 말했다. "사진 한 장 찍게 기다려 주렴." 소년 몇이 알아들었다. 아니 적어도 내 안내원은 알아들었기에, 내가 토끼를 향해 기어가는 동안 모두 멈춰 섰다. 토끼는 깜짝 놀라 뛰어가다가 내가 날카롭게 휘파람 소리를 내자 '얼어붙어' 버렸다. 그래서 나는 가까이 다가가 찰칵 하고 사진을 찍었다. 소년들이 이제 토끼를 둘러싸고는 막대기를 던지려하자 내가 외쳤다. "잠깐만! 아직은 아니야. 한 장 더 찍고 싶구나." 그래서 나는 토끼를 쫓아 20, 30미터 정도까지 따라간 다음, 다시 날카로운 휘파람을 불어, 네 번째 사진을 찍었다. 또 한 번 나는 '한 장만 더' 찍겠다고 소년들을 막았다. 이런 식으로 나는 다섯 번을 말려서 사진 다섯 장을 찍었고, 그러는 사이 강을 따라 떠 있던 엄청나게 많은 통나무 더미 쪽으로 토끼를 몰았다. 이제 가지고 있던 필름이 다 떨어졌다.

소년들은 안달이 나기 시작했다. 그래서 나는 솜꼬리토끼에게 진지하면서도 부드럽게 말했다. "토끼야. 너를 위해 할 수 있는 최선을 다 했단다. 더 이상은 이 꼬마 야만인들을 멈추게 할 수 없어. 저기 통나무 더미 보이지? 그러니까, 토끼야, 딱 5초 안에 저 나무 더미 속으로 들어가야 한다. 이제 가!" 내가 쉬쉬 소리를 내고 손뼉을 치면서 토끼를 쫓아 버리자, 어린 인디언들은 모두 고함을 지르며 막대기를 세게 내던졌다. 개들이 토끼 뒤를 쫓아 달렸고 몰리도 땅에 먼지를 꽤 일으키면서 박차고 나갔다.

"잘한다, 몰리!"

"계속 따라가, 개야!"

"한번 잡아 봐라, 인디언 녀석들아!"

막대기가 날아들어 토끼 주위로 우르르 떨어졌지만, 몰리가 3미터나 깡충 뛰더니 (거의) 1초 만에 열 번을 깡충깡충 뛰어갔고, 추격은 제대로 시작되기도 전에 끝나 버리고 말았다. 토끼의 솜털 뭉치가 통나무 아래로 사라졌다. 녀석은 나뭇더미 속으로 안전하게 피했는데, 내가 아는 한 그 뒤로 행복하게 잘 살았다.

눈덧신을 신은 토끼

눈덧신산토끼는 그 수가 많지는 않아도 공원 전역에서 보인다. 녀석이 '눈덧신'이라 불리는 까닭은 발이 크기 때문인데, 원래 커다란 녀석의 발이 눈 오는 철이 되면 가장자리로 빳빳하고 억센 털이 자라 더 커져서, 다른 친척들은 모두 영락없이 빠지고 마는 부드러운 눈 위를 널따란 지지대 같은 발로 뛰어다닐 수 있다.

다음 그림은 겨울철 눈덧신산토끼의 뒷발을 무게가 거의 세

28. 얼어붙은 솜꼬리토끼

배나 더 나가는 산토끼의 뒷발과 비교한 것이다.

토끼는 지능이 낮은 축에 속하지만 다른 토끼들과 어울려 지내는 즐거움을 알 정도는 된다. 우리가 운이 좋아 한 동물이 자기들끼리 어떻게 지내고, 무슨 놀이를 하며, 또는 어떻게 어울려 사는지 조금이라도 엿볼 수 있는 기회가 생기면 언제나 짜릿하고도 특별한 만족을 얻기 마련이다. 어느 날 밤 토끼들의 세상을 엿볼 수 있는 기회를 잡았던 나는, 비록 사소한 사건이긴 해도, 언제나 즐거운 맘으로 그때 일을 떠올린다. 다시 한 번 그런 기회가 찾아왔으면 하는 바람이다.

이 일은 1902년 아이다호 주 비터루트 산맥에서 있었다. 아내와 나는 뉴욕에서 온 친구 두 사람과 말 여러 마리에다 짐을 싣고 여행을 나섰다. 우리는 콜로라도 주와 와이오밍 주에서 몇몇 험한 지역을 경험했지만, 비터루트 산맥이야말로 최고로 험한 산이라는 데 다들 쉽게 뜻을 모았다. 남부 로키 산맥에서는 말이 18마리면 충분했는데, 이곳에서는 28마리가 짐을 날라야만 했다.

길이 워낙 구불구불한 데다 빽빽한 숲 사이로 숨어 있어서, 제일 뒤에 오던 사람은 하루 종일 말을 타고 따라와야만 했고, 밤을 보내기 위해 멈추지 않는 한 말들을 한눈에 다 보지 못했다.

산길에서 겪은 공포

　다른 골칫거리도 있었는데, 그 가운데 특히 위험한 동물 하나가 골칫거리였다. 그 지역은 말코손바닥사슴이나 엘크, 검은 꼬리사슴, 양과 염소, 오소리, 스컹크, 울버린과 여우, 코요테, 쿠거와 스라소니, 늑대, 흑곰, 그리고 회색곰이 꽤 많았지만, 우리를 두려움에 몰아넣은 것은 그 녀석들이 아니었다. 최고로 치명적이고 위험했던 생물은 흔하디흔한 말벌이었다. 이 지역에는 말벌이 엄청 많았다. 녀석들이 지어 놓은 벌집이 워낙 많았기에, 우리가 지나가야만 하는 좁고 구불구불한 길 위나 옆으로도 많이 보였다. 이런 좁은 산길이 대부분 위로는 가파른 비탈이고 아래엔 깎아지른 듯한 급경사가 자리 잡고 있는 산등성이를 따라 나 있었다. 그런 위험한 지형에서 말벌집을 유독 자주 보는 듯했다. 시끄럽게 길을 밟고 지나가는 소리에 흥분한 녀석들이 떼를 지어 말들을 공격하기도 했는데, 그러면 말벌 떼에게 공격을 받아 괴로운 나머지 말들이 펄쩍펄쩍 뛰어오르고 꽥꽥 소리를 지르며 우르르 도망쳤다. 몇 마리는 어쩔 수 없이 길에서 벗어났다가, 다른 곳에서도 종종 일어나는 일이지만, 아래로 돌진해 죽고 말았다. 우리는 이런 위험을 매일 겪어야만 했다.

　9월 말의 어느 아침 8시, 우리는 평소대로 줄을

서서 길을 나섰다. 안내원이 제일 앞에서 이끌고, 남은 우리는 짐을 싣고 움직이는 말들을 통제하기 위해 군데군데 떨어져 이동했다. 요리사가 뒤쪽 가까이에 있었는데, 그 사람 뒤로 양철 냄비와 접시를 실은 말 한 마리가 있었고, 제일 마지막이 나였다.

그날 아침은 서리가 내려 싸늘했기 때문에 처음에는 말벌이 한 마리도 보이지 않았지만, 10시쯤 해가 점점 강해지고 공기가 제법 따스해지자 말벌들이 활기를 찾기 시작했다. 바로 그때 나는 그 무시무시한 소리를 들었다. "말벌이다!" 그러자 잠시 후 내 바로 앞에 있던 요리사가 거의 두려움에 질린 소리로 이렇게 외쳤다. "말벌이다! 조심해요!"

외치는 소리가 나자마자 그가 타고 있던 말이 뒷다리를 들더니 펄쩍펄쩍 뛰어올랐다. 내가 보니 요리사가 말안장에 딱 달라붙어 사력을 다해 얼굴을 보호하는 사이 그가 올라타 있던 말은 수풀 속으로 돌진해 사라져 버렸다.

그러자 말벌 떼가 '붕붕' 소리를 내며 냄비를 지고 있던 말 쪽으로 향했고, 말은 꽥꽥 소리를 지르며 펄쩍 뛰어오르더니 땡그랑땡그랑 덜걱덜걱 소리를 내는 냄비와 함께 멀리 사라졌다.

그 조그맣지만 대단한 골칫거리 녀석들이 '붕붕붕' 소리와 함께 순식간에 새까만 구름처럼 떼를 지어 미친 듯이 날뛰며 나를 덮쳤다. 나는 멈춰 서거나 말에서 내리거나 다른 방법을 구할 여유도 없었다. 그래서 내가 타고 있던 작은 말이 자기를 덮친 불세례에 미쳐 날뛰는 사이, 외투 깃을 세워 올려 얼굴을 보호하면서 머리는 낮게 숙이고, 끝까지 매달려 있어 보려고 애썼다. 말은 뒷다리를 들어 올리고 여기저기 걷어차면서 꽥꽥 소리를 질러 댔고, 나는 뛰어오르는 말 위에서 한 번, 두 번, 세 번까지나 달라붙어 있다가, 내 기억에 말이 네 번째로 펄쩍 뛰는 순간, 그나마 다행스럽게도 언덕 쪽을 향해 녀석의 머리 위로 날아 다친 곳 없이 덤불 사이로 떨어졌다. 어떤 대가를 치르고라도 말벌 떼에게서 벗어나고자 각오하면서.

"의심스럽거든 납작하게 엎드려 있어라."라는 좋은 옛 지혜대로 나는 그곳에 아주 납작하게 엎드려 전쟁이 멈추기를 기다렸다. 전쟁은 몇 초 만에 끝났다. 내 말이 다른 말들을 따라 마구 달려 나가면서 덤불 사이를 지나가 버리자, 날개 달린 전갈 녀석들만 뒤에 남았기 때문이다. 이윽고 나는 머리를 들고 벌집이 있는 쪽을 조심스럽게 살펴보았다. 벌집은 6미터쯤 떨어진 비탈에 자리 잡고 있었고 화난 벌 떼가 마치 환기구에서 나오는 연기처럼 그 위를 맴돌고 있었다. 녀석들이 워낙 화가 나 있는 데다 위험을 무릅쓰기에는 내가 너무 가까운 곳에 있었기 때문에, 나는 다시 몸을 숙이고 기다렸다. 1, 2분쯤 지나 한 번 더 자세히 살펴봤는데, 2, 3미터쯤 떨어진 곳에 놓여 있던 조그만 통나무 밑이 보였다. 말벌 쪽을 뚫어지게 쳐다보고 있자니,

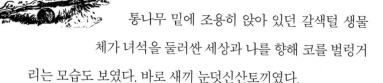

통나무 밑에 조용히 앉아 있던 갈색털 생물
체가 녀석을 둘러싼 세상과 나를 향해 코를 벌렁거
리는 모습도 보였다. 바로 새끼 눈덧신산토끼였다.

토끼 태우기

우리 모두에게는 분명 숲에 사는 동물을 만날 때마다 잡고자
하는 거친 사냥 본능이 있다. 그 충동이 나를 사로잡았다. 이제
말벌이 더 이상 공격할 위험도 없어지자, 나는 조심스럽게 통
나무 위로 다가가, 양쪽에서 손을 아래로 집어넣어 밑에 있던
토끼를 붙잡았고, 녀석은 내 포로가 되었다. 이제 토끼도 잡았
겠다, 그다음엔 무엇을 할까? 죽일까? 절대로 아니다. 나는 녀
석에게 말을 걸어 보았다. "내가 너를 왜 잡았을까?" 녀석이 하
는 대답이라고는 코를 벌렁거리는 것뿐이어서 나는 계속 말을
이었다. "처음에는 무엇을 할지 몰랐는데, 이제는 알겠다. 네 사
진을 찍고 싶어." 그러자 다시 코가 벌렁거렸다.

카메라가 말과 함께 사라져 버려 그때는 사진을 찍을 수 없
었다. 토끼를 담을 데도 없었다. 녀석을 옷 주머니에는 넣을 수
없었는데 그러다가 어디서 구르기라도 하면 녀석이 으깨져 버
릴 것이기 때문이다. 비탈을 기어 올라가 말을 잡으려면 두 손
이 필요했기 때문에, 더 나은 데를 찾을 수 없었던 나는 모자를

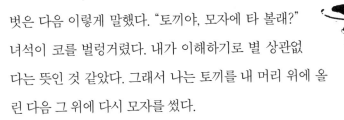

벗은 다음 이렇게 말했다. "토끼야, 모자에 타 볼래?"
녀석이 코를 벌렁거렸다. 내가 이해하기로 별 상관없
다는 뜻인 것 같았다. 그래서 나는 토끼를 내 머리 위에 올
린 다음 그 위에 다시 모자를 썼다.

그러고 나서 앞으로 나가 보니 요리사가 냄비와 접시를 모두
찾아 놓은 데다, 이제 모든 것이 정돈되어 내 말도 나를 기다리
고 있었다.

나는 그날 내 머리칼 속에 조용히 자리를 틀고 앉은 토끼와
함께 말을 타고 나머지 길을 갔다. 길고 험한 날이어서 밤이 찾
아올 때까지 여행은 이어졌고, 빽빽한 소나무 숲 속 어두침침
한 가운데에서 밤을 보내기 위해 텐트를 쳤다. 그때도 사진을
찍는 것이 불가능했기 때문에, 나는 딱딱한 땅바닥 위에다 인
조가죽으로 만든 망원경 뚜껑을 놓고 그 밑에다 먹을 것 그리
고 먹을 물과 함께 그 작은 토끼를 넣은 다음, 아침에 사진을 찍
을 때까지 녀석을 내버려 두었다.

춤추는 토끼

그날 밤 아홉 시, 불가에 앉아 있던 우리는 근처 숲에서 '탑-
탑-탑트르르르' 하는 소리가 너무나 가깝고 시끄럽게 들려 자
리에서 벌떡 일어나 어둠 속을 유심히 쳐다보았다. 규칙적으로

두드리는 북소리처럼 '탑-탑-탑트르르르' 하는 소리가 또다시 들렸다.

"도대체 뭐지?" 모두가 큰 소리로 외치는 순간, 커다란 토끼 한 마리가 모닥불로 환해진 빈터를 가로질러 쏜살같이 뛰어갔다.

또다시 북소리가 들리더니 다른 토끼 녀석이 재빠르게 뛰어갔다. 그러자 나는 망원경 뚜껑 아래 갇혀 있는 새끼 토끼가 친구들을 부르는 소리라는 생각이 문득 떠올랐다. 녀석은 뚜껑 벽을 북처럼 두들기고 있었다.

또다시 이 어린 포로가 신호 소리를 내자, 세 번째 눈덧신산 토끼가 나타났다.

"저 토끼들을 봐!" 내 친구가 외쳤다. "총이 어딨지?"

"안 돼." 내가 말했다. "총은 필요 없어. 기다려 보자. 무언가를 할 모양이야. 저 조그만 녀석이 가운데서 원을 만드는군."

"내 평생 이렇게 많이 모여 있는 토끼를 본 적이 없어." 친구가 말했다. 그러더니 이렇게 덧붙였다. "내게 아세틸렌 전등이 있네. 사진을 찍을 수 있을지도 몰라."

친구가 카메라와 전등을 꺼내 오자, 우리는 조심스럽게 토끼들이 모여 있는 숲으로 갔다. 몇 마리가 우리를 지나 달려갔다. 우리는 부드러운 땅 위에 앉았다. 친구가 카메라를 들고 나는 전등을 들고 있었지만, 우리는 땅바닥에다 그것들을 내려놓았

29. 내 모자 속에 앉아 말을 타고 30킬로미터를 간 새끼 솜꼬리토끼

30. 전등불빛에 춤추는 눈덧신산토끼

다. 금세 어둠 속에서 토끼 한 마리가 전등 빛이 커다란 원뿔 모양으로 빛나는 곳으로 달려 나오더니, 그 신기한 것을 잠시 뚫어지게 쳐다보다가, 발로 '쿵' 땅을 치고는 사라져 버렸다. 그러자 다른 녀석이 왔다. 뒤이어 두세 마리가 달려 나왔다. 녀석들은 말할 수 없이 눈부시게 빛나는 것을 뚫어지게 보다가, 한 녀석이 땅을 쿵 치며 경고 신호를 보내자 다들 눈앞에서 사라져 버렸다.

하지만 녀석들이 네 마리, 다섯 마리, 일곱 마리, 여덟 마리, 마침내 열 마리까지 점점 불어나서 찾아오더니, 이제는 잘 보이는 곳에 자리를 잡고는 이 환한 빛을 대놓고 쳐다보면서 마치 그것에게 마음을 빼앗긴 양 조금씩 앞으로 다가왔다. 어떤 녀석들 두셋은 너무 가까이 있다 보니 서로 부딪히기도 했다. 그러다 한 마리가 땅을 치며 경고 신호를 내자, 다들 잎사귀처럼 흩어져 유령처럼 사라져 버렸다. 하지만 녀석들은 또다시 찾아왔고, 그 활활 타오르는 신기한 것을 향해 엉금엉금 더 가까이 다가갔다. 몇 녀석은 뒤에서 깡충깡충 뛰어다녔지만, 앞에 있던 녀석들은 무언가에 홀린 듯 이글이글 타오르는 눈빛으로 점점 더 가까이 갔다. 가까이 더 가까이 녀석들이 다가갔는데, 제일 앞에 있던 녀석이 너무 가까워진 나머지 전등 냄새를 맡아 보려다가 코를 데이고는 경고 신호를 쿵 내자, 다들 숲속으로 사라졌다. 하지만 녀석들은 곧 되돌아와 굉장히 밝은 그 빛을 다시 즐겼다. 녀석들은 전등 빛에 흥분한 나머지 큰 원을 만들어 서로서로 뒤쫓고 잽싸게 피하기도 하면서 춤을 췄는데, 그러다 가장 바깥에 있던 토끼 한 마리가 카메라 상자 위로 뛰어오르자 또 다른 놈이 뒤따라 올라 상자 위에 앉았다. 바로 뒤에 있던 내 친구는 빛에 가려 보이지 않았기에, 별 어려움 없이 두 손으로 그 무례한 토끼를 그러잡았다. 붙잡힌 녀석이 곧장 시끄럽게 깩깩 울었다. 다른 토끼들은 발을 쿵쿵 구르고는 순식간에 숲 속으로 자취를 감추어버렸고, 우리가 잡은 녀석만 남았다. 우리는 아침에 녀석을 사진 찍을 생각에 재빨리 또 다른 인조가죽 상자에다 옮겨 담았지만, 이 포로에게는 내가 생각지도 못했던 공격 수단이 있었다. 우리가 막 잠이 들려고 하는데, 녀석이 앞발로 소리가 크게 울리는 상자를 두들겨 경고 신호가 담긴 북소리를 내기 시작했다. 야영지에 있던 사람들이 모두 깨어났다. 깜박 다시 잠이 들 무렵, 또다시 시끄러운 '북소리'에 모두들 깨고 말았다. 거의 두 시간 동안 이런 일이 이어지는 바람에, 도저히 잠이 들 수가 없던 나는 자정 무렵 자리에서 일어나 이 북 치는 녀석이 무슨 일을 하든, 어디를 가든 자기 볼일을 하도록 풀어 주었다. 그제야 녀석이 조용해지더니 우리가 우리 볼일을 볼 수 있도록 해 주었다.

　다음 날 아침 나는 새끼 눈덧신산토끼 사진을 찍은 다음, 녀석이 친척들과 만나도록 풀어 주었다. 우리가 이 계곡에서 2주

31. 전등불빛에 푹 빠진 눈덧신산토끼

나 지냈고, 비터루트 산맥에서는 한 달이나 있었지만, 다른 야생 토끼를 한 마리도 다시 보지 못했다는 것은 놀라운 일이다.

이 사건은 내게 독특한 경험이었다. 이때 유일하게 눈덧신산토끼들이 함께 모여 어울리는 것을 발견했고, 녀석들이 노는 것을 다른 사람들도 봤다는 이야기는 전혀 듣지 못했다.

유령 토끼

토끼의 완전히 다른 면을 보여 주는 또 다른 수수께끼 같은 일을 겪었지만 도저히 설명할 방법이 없다.

내가 온타리오에 살던 시절, 아주 훌륭한 사냥개를 키웠는데, 녀석은 짐승이 남긴 흔적이라면 모두 따라가도록 훈련된 개였다. 나는 밤에 녀석을 데리고 숲으로 가서 '앞으로 나가 무슨 일이 일어나고 있는지 모두 보고'하라는 지시를 내리곤 했다. 그런 다음 통나무 위에 앉아 녀석이 보고하는 소리를 들었다. 사냥개는 놀랍도록 빠르게 보고했다. 미묘하게 다른 소리로 짖거나 추적 방향을 통해 자신이 뒤쫓는 것이 여우인지 너구리나 토끼, 스컹크, 아니면 다른 사냥감인지 내게 즉시 말할 수 있었다. 그리고 사냥감이 나무 위로 올라갔을 때 녀석이 내는 특이한 가성 소리는 "주인님이 직접 와서 보세요."라고 즐겁게 초청하는 소리였다.

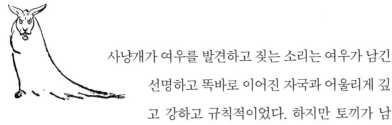

　　　사냥개가 여우를 발견하고 짖는 소리는 여우가 남긴
　　선명하고 똑바로 이어진 자국과 어울리게 깊
　고 강하고 규칙적이었다. 하지만 토끼가 남
긴 흔적을 발견했을 때는 애매모호하게 띄엄띄엄 불규칙적으
로 짖었고 크게 짖는 일이 없었다.

　어느 날 밤 개는 늘 하던 대로 '토끼, 토끼, 토끼'라고 짖으면
서 곧장 숲을 벗어나 달이 환하게 비치고 있던 들판을 가로질
렀고, 나는 앞을 보는 데 어려움 없이 따라갔다. 계속 '토끼, 토
끼, 토끼'라고 짖으면서, 녀석은 들판 가운데 있던 가시나무 덤
불속으로 쏜살같이 들어갔다. 그렇지만 곧장 도로 뛰쳐나오더
니 "경찰! 도와줘요! 누가 죽이려 해요!"라고 날카롭게 비명을
지르면서 다리 뒤로 숨어 몸을 움츠렸다. 그 순간 가시나무 덤
불에서는 토끼 한 마리가 나왔다. 그래, 틀림없이 흔히 볼 수 있
는 토끼였지만, 눈처럼 새하얀 녀석이었다. 내가 난생처음 본
알비노 토끼[3]였고, 사냥개 역시 난생처음 본 알비노 솜꼬리토
끼였다. 우리는 개들이 미신에 사로잡히지 않는다고 생각하지
만, 사냥개는 바로 그때 꼭 유령이라도 본 것처럼 행동했다.

3　나중에 알고 보니 집에서 키우던 알비노 토끼가 방목된 것이었다.

FOX FOX FOX

32. 유령 토끼

협궤 노새, 흰꼬리산토끼

서부 사람들이 흰꼬리산토끼에게 붙인 별명이 얼마나 딱 들어맞는지 알기 위해서는, 커다랗게 펄럭이는 귀에 펄쩍 뛰어오르는 수컷 노새처럼 뻣뻣한 다리로 뛰어다니는 녀석을 꼭 봐야만 한다.

녀석이 여러분이 지나가는 길에서 멀찌감치 도망쳐 달릴 때, 여러분 눈에 복슬복슬하고 흰 눈처럼 새하얀 꼬리와 끝은 검지만 뒤쪽은 하얀 귀가 보인다면, 녀석이 텍사스산토끼도 아니고 로키 산맥솜털토끼도 아닌, 우리가 알고 있는 산토끼 가운데 가장 아름다운 흰꼬리산토끼임이 분명하다.

나는 이 토끼를 캘리포니아에서 마니토바에 이르는 숲과 산맥, 그리고 들판에서 보았고, 가장 사람 손을 타지 않은 데다 접근하기 거의 불가능한 녀석이라는 것을 알았다. 다만 한 거대한 지역에서만은 예외였는데, 바로 옐로스톤 국립공원이다. 1912년 8월 매머드 온천 호텔 근처에서 흰꼬리산토끼 두 마리를 보았다. 9미터 떨어진 거리에서 녀석들을 사진 찍는 멋진 기회를 얻었고, 빛이 아주 나빴지만 사진 몇 장을 찍을 수 있었다. 15년 전, 내가 처음으로 공원을 둘러볼 때만 해도 흰꼬리산토끼는 아주 귀했으나, 이제는 다른 많은 야생 동물들처럼 녀석도 꽤 흔해졌다. 동물 보호의 효과를 보여 주는 또 다른 증거다.

이 은회색을 띠는 동물은 겨울철에 새하얗게 변하는데, 그렇지 않으면 토끼가 사는 구역을 덮은 눈이 녀석을 너무 도드라지게 만들지도 모른다.

찍찍 우는 이끼 덩어리

어떤 기후나 주변 환경이 우리 눈에 아무리 끔찍하게 보인다 할지라도, 그곳에 사는 야생 동물에게는 틀림없이 이상적인 조건이자 꿈처럼 복된 곳이다. 내 생각에 수목한계선 위로 저 멀리 춥고 황량한 데다 바람이 많이 불고, 산사태로 바위가 쌓여 있는 지역이야말로 사람이 산에서 찾아볼 수 있는 가장 사랑스럽지 않은 풍경이자 가장 혐오스러운 근거지이다. 하지만 캘리포니아에서 알래스카까지 이르는 로키 산맥의 높은 봉우리에서 찾아볼 수 있는 어느 놀라운 작은 생물에게는 그곳이야말로 완벽한 곳, 바로 천국이다.

이 동물이 유달리 옐로스톤 공원에만 많이 사는 것은 아니나, 내가 처음 녀석을 만난 곳이 그곳이었고, 녀석이 살고 있는 다른 모든 서식 지역을 합쳐도 동부 사람들은 이 거대한 보호 구역에서 녀석을 더 자주 볼 수 있을 것이다.

매머드 온천 근처 골든게이트에 이르면, 몸집이 작은 들다람쥐 여럿이 여기저기 뛰어다니는 것이 보이고, 10~15초마다 짧게 찍찍거리며 우는 이상한 소리가 멀리서 들린다. 여러분은 멈춰 서서 아마도 저 멀리 보이는 산허리를 살펴보겠지만, 사실 너무 멀리 눈을 돌린 셈이다. 굴러떨어진 바위 더미로 눈을 돌려 높이 솟아 있는 곳을 모두 살펴보라. 그러면 그 가운데 꼭대기 하나에 크기가 여러분 주먹만 하고 이끼 덩어리처럼 생긴 조그만 회색 덩어리가 바위 끝에 달라붙어 있는 것이 보인다. 여러분이 그곳을 망원경에서 눈을 떼지 않고 지켜본다면, 크기는 다 자란 토끼의 4분의 1만 한 데다 짧고 둥그스름하고 가장자리가 흰 귀에 꼬리는 보이지 않는 이 조그만 동물이 찍찍 우는 소리를 내고 있다는 것을 똑똑히 보게 될 것이다. 이 녀석이 바로 호기심 많은 작은 동물로 바위 무더기가 아니고서는 어느 곳에서도 행복할 수 없는 우는토끼다. '작은추장토끼'는 인디언들이 붙여 준 이름이고, 그 밖에도 '피카'나 '굶주린토끼'처럼 많이 쓰이는 이름들이 있는데, 굶주린 토끼라 불리는 까닭은 녀석이 결코 살이 찌지 않기 때문이다. 마부들은 녀석을 '굴토끼'나 '바위토끼'라 부른다. 녀석은 색깔, 크기, 모양 그리고 버릇이 그 지역에 사는 여느 토끼와 다르다. 녀석을 착각하기란 불가능하다. 비록 토끼와 먼 친족이긴 하지만, 생김새와 하는 짓이 토끼와 다르다. 그래서 녀석은 앞서 말했듯이, 전혀 토끼답지 않게 높은 곳에서 망을 보며 찍찍 우는 버릇을 가지고 있다. 물론 이것은 다른 동료들에게 근처에 위험이 도사리고 있

다는 것을 알리는 경고 소리로, 이는 굴토끼가 무리를 지어 살기 때문이다. 아마 무너져 내린 바위 틈새로 수백 마리가 살고 있을 것이다.

나는 몇 년 전 콜로라도에서 쌍안경 덕분에 굴토끼 한 마리를 그렸었다. 녀석은 종족의 안전을 위해 경고소리를 내느라 자신의 활기 넘치는 작은 영혼에서 뿜어져 나오는 모든 힘을 다 쏟고 있었다.

그렇지만 이 토끼 같지 않은 토끼가 가진 가장 흥미로운 버릇은 겨울을 대비하는 방식이다.

풀과 산민들레, 콩줄기를 건초로 만들기 가장 좋은 때가 되면, 굴토끼는 동료들과 함께 바위 틈새에 자리 잡은 자신의 성채에서 나와 가장 가까운 풀밭으로 조심스레 가서는 풍성하게 자란 이 풀들을 가져갈 수 있는 한 최대한 많이 잘라 낸다. 그런 다음 덩치는 자기만 하고 길이는 훨씬 더 긴 풀 더미를 지고 바위로 돌아가서 평평하고 볕이 드는 곳에다 풀을 펼친 다음 겨울에 먹을 건초로 말린다. 녀석은 태양이 가득 내리쬐는 곳에 풀을 놔둔 다음, 만약 어떤 인정 없는 바윗덩어리가 그 사이로 끼어들어 건초 말리는 곳에 그늘이라도 드리워 버리면, 옮기기 쉬운 바위는 옮겨 버린다. 굴토끼가 자신의 건초를 소홀히 다루는 법은 절대 없다. 풀이 충분히 잘 마르면, 곳간으로 싸서 옮기는데, 곳간은 바위 사이 안전한 틈새에 자리 잡고 있어 궂은 날씨에도 걱정 없이 겨울철까지 건초를 잘 보관할 수 있다. 만약 그렇지 못할 경우에는 굴토끼가 사는 세상에 슬프고도 절박한 기근이 찾아올 것이다. 덫사냥꾼들에 따르면, 굴토끼가 곳간에 쌓아 놓은 건초 양으로 그해 겨울이 매서울지 아닐지 알수 있다.

나는 이런 곳간 여러 개를 옐로스톤 공원에서뿐만 아니라 브리티시컬럼비아와 콜로라도에 있는 산에서도 살펴보았다. 곳간에 저장된 건초 양은 약 9리터 정도에서 한 아름이 될 만큼의 양까지 곳곳마다 다르다. 내가 살펴본 바에 따르면 건초로 말린 것들은 풀 여러 종, 엉겅퀴, 꿩의다리, 콩줄기, 히스, 그리고 몇몇 다양한 식물의 잎사귀였다. 좀 더 자세히 관찰해 본다면 굴토끼가 자신들의 성 근처에서 자라는 독성 없는 풀은 모두 사용한다는 사실을 밝힐 수 있을 것 같다. 어떤 건초 다발은 한 가운데에 둥지나 구멍이 마련되어 있기도 하다. 생각건대, 새끼를 키우는 보금자리가 아니라, 겨울철 땅이 눈으로 덮여 있을 때 굴토끼들이 식량 한가운데에 자리 잡고 앉아 마음껏 먹을 수 있는 일종의 겨울 식당이리라.

처음에는 둥지를 따뜻하게 만들려고 건초를 쌓았지만, 다른 먹을거리를 구하기 어려울 때는 식량으로도 쓰일 수 있다는 것을 알기 시작하면서 굴토끼에게 이러한 저장 습관이 생겨났다고 볼 수 있겠다. 이런 곳간의 안과 주변에서 여러 겹으로 무수

히 많이 쌓여 있는 똥이 나오는 것을 보아 굴토끼는 곳간을 몇 년이고 계속 사용한다.

날씨를 잘 알아맞히는 굴토끼

아주 지혜로운 작은 민족이 있다면 바위틈에 사는 바로 이 작은 민족이다. 굴토끼는 여름철에 겨울을 미리 준비해야만 한다는 것을 알 뿐만 아니라, 아무리 뜻밖의 상황이라도 현재 닥친 위기에 어떻게 맞서야 할지 안다. 이제부터 이야기할 사례를 우리가 제대로 이해하기 위해서는, 우선 굴토끼는 평생 동안 겨울에 먹을 '먹이 더미' 생각을 늘 한다는 것과, 녀석은 철저하게 낮에만 활동하는 동물이라는 점을 기억해야 한다. 내가 종종 굴토끼가 사는 곳 근처에서 잠을 자 보았어도 어두워진 다음에 녀석들이 내는 소리를 듣거나 돌아다니는 모습을 본 적은 한 번도 없다. 그런데 메리엄이 해 준 이야기에 따르면, 한번은 그가 버논 베일리와 함께 담요를 챙겨 아이다호에 있는 새먼리버 산맥에 올라 수목한계선 위로 자리 잡은 굴토끼 집단 거주지에서 밤을 보내면서 바위 곳곳에 건초 더미를 보이도록 널어 놓은 굴토끼들을 조사하려 했다고 한다. 때는 9월 1일경이어서, 앞으로 일주일 정도는 건초를 완전히 말리기에 좋은 날씨가 이어지리라 예상할 수 있었다. 그런데 그

33. 굴토끼

34. 굴토끼가 겨울철 먹이로 건초를 가득 저장한 곳간

날 밤 사나운 폭풍이 불기 시작했다. 비가 우박으로 바뀌더니 다시 눈으로 변했고, 그곳에 있던 두 동식물 연구가들은 밤새 굴토끼들이 찍찍거리는 소리가 들려 깜짝 놀랐다.

이 동물들도 우리처럼 햇볕과 따뜻함 그리고 낮을 사랑하고, 추위와 어둠을 두려워한다. 춥고 컴컴한 시간, 나이 많은 굴토끼들이 외치는 소리에 따뜻한 침대 속에 있던 어린 굴토끼들이 겨울 식량을 지키기 위해 허둥지둥 밖으로 나와 휘몰아치는 진눈깨비에 맞서야만 한다는 것은 틀림없이 괴로운 경험이었으리라. 하지만 녀석들은 모두 밖으로 나와 오랜 시간 동안 열심히 일했다. 아침이 밝았을 무렵 바위 더미와 주위 세상은 모두 눈 속에 깊이 파묻혀 버렸지만, 건초는 마지막 한 줄기까지 모두 바위 아래 안전한 곳으로 옮겨졌고, 그리하여 굴토끼는 자신이 지닌 지혜를 효과적으로 실행할 수 있는 충분한 힘도 있다는 것을 다시 한 번 보여 준 사례를 만들어 냈다.

굴토끼가 안전하게 피할 곳은 바위틈이요

아무도 우는토끼가 사는 보금자리를 찾아낸 적이 없다. 보금자리가 바위 아래 땅을 깊숙이 파 들어간 곳에 아주 안전하게 숨겨져 있기 때문에, 그것을 파내고자 하는 모든 시도는 헛되이 끝나고 말았다. 곰이나 오소리, 울버린과 회색곰은 말할 것도 없고, 굴토끼의 땅속 생활에 담긴 비밀을 파헤쳐 보려 했던 사람들도 나는 몇몇 안다. 나도 한번은 콜로라도 주 파고다 피크 근처에서 나를 향해 조롱하는 듯 울어 대고는 사라져 버린 굴토끼 한 마리를 뒤쫓아 당장에 녀석이 사는 보금자리까지 따라가 볼 생각으로 바위를 옆으로 굴려 냈다. 그런데 바위를 굴려 내면 낼수록 흡족하지가 않았다. 내가 용을 쓰면 쓸수록 굴토끼가 남긴 희미한 자국은 점점 더 가지를 쳐 나갔다. 한두 번은 땅속 한참 밑에서 나를 조롱하며 찍찍대는 소리가 들리는 바람에 땅을 파는 데 박차를 가해 보았지만, 그 소리마저 멈췄다. 바윗덩어리를 약 10톤가량 치워 냈을 무렵 나는 완전히 넋이 나가고 말았다. 굴토끼가 보금자리까지 죽 파 놓았을 법한 길이 여섯 개나 나 있었는데, 내가 잠시 일을 멈추고 악의 없는 내 이마에 맺힌 '정직한 땀'을 닦고 있자니, 뒤에서 '윅', '윅' 하며 내 결단 어린 행동에 대한 평가라도 내리는 듯 울어 대는 친구 목소리가 들렸다. 나는 저 멀리 왼쪽으로 뾰족하게 튀어나온 바위 끝에 하늘을 등지고 선 이끼 덩어리처럼 생긴 친구를 (내 생각엔 바로 그 녀석일 것 같다.) 어렴풋이 알아보았다. 찍찍거리는 소리가 대기 중에 퍼질 때마다 이 이끼 덩어리는 한쪽 끝만 조금씩 움직였다. 나는 산 전체를 허물어 낼 시간이 없었기에, 곰과 오소리 선배가 나보다 앞서 한 대로, 포기해 버렸다. 하지만 적어도 굴토끼가 왜 쾌적한 초원과 비옥한 강기슭을 저

버린 것인지 그 까닭을 알아낸 나는 성경 구절에 대한 새롭고 더 심오한 깨달음도 가지게 되었다. 그 구절은 요컨대 이런 내용이다. "굴토끼가 안전하게 피할 곳은 바위틈이요."

35. 흰꼬리산토끼

10

모닥불가의 유령들

나이 많은 안내원들과 친해지는 것은 언제나 가치 있는 일이다. 젊은 안내원들은 종종 풋내기인 데다 아는 것도 얄팍하지만, 이 말수 적고 나이 많은 안내원들은 산에서 평생을 보냈기 때문에 실력이 좋을 수밖에 없는데 그렇지 않다면 이 일을 계속 해 올 수 없었을 터이다. 게다가 그들은 참으로 많은 것을 보고 참으로 먼 곳까지 다녀보았기 때문에, 마치 읽기는 어렵지만 독특한 데다 값지기 그지없는 오래되고 희귀한 필사본 같다. 그 사람들에게 말을 시키기란 쉽지 않지만, 종종 그들의 입을 열게 하는 방법이 있다. 제일 먼저, 하루 종일 산을 타는 일이든 위험천만하게 말을 타야만 하든, 여러분이 맡은 책임을 끝까지 다해 안내원들로부터 존경받을 만한 사람이라는 것을

보여 주라. 그런 다음 밤이 되어 모두가 잠자리에 들고 나면, 나이 많은 안내원이 담배를 피우는 동안, 여러분도 함께 앉아 짧은 질문을 몇 개 던지며 그의 대답에 주의 깊게 귀를 기울이면서, 그가 관찰하는 것은 어떤 것이든 여러분이 중히 여긴다는 것을 보여 주라. 이처럼 신중하게 행동한 보답으로 나는 많은 시간을 행복하게 보냈고 중요한 정보도 많이 얻었다. 게다가 종종 그렇게 앉아 있으면, 모닥불가의 유령들이 어렴풋한 모습으로 희미한 불빛 속에서 소리 없이 우리를 스쳐 지나가기도 했다. 눈 깜짝할 사이에 지나가는 데다 반짝거리는 것이 아니라 어렴풋이 밝아졌다가 사라지는 빛처럼, 쥐 죽은 듯 조용히 지나갔다. 때로는 이 유령들이 아주 가까이까지 다가오기 때문에 차분하게 지켜본다면, 그들의 작은 눈이 구슬같이 반짝이는 것과 심지어 눈처럼 새하얀 가슴팍도 볼 수 있다. 이 유령들은 바로 서부 전 지역에 흔하디흔한 산쥐들이다.

녀석들은 그 종류만도 여섯 종이나 되지만, 여행객 대부분은 녀석들을 모조리 한 떼로 묶어 그저 쥐라 생각하고 못 본 채 지나칠 가능성이 크다. 하지만 녀석들은 더 좋은 대접을 받을 만하다. 적어도 그 가운데 세 종류는 모양이나 사는 모습이 아주 다르기 때문에 녀석들의 이름을 기억하길 바란다.

첫 번째 쥐는 흰발쥐, 또는 사슴쥐다. 여러분이 아침에 커피 주전자나 물통에서 발견하는 쥐가 바로 이 녀석이다. 요리사가 아침식사를 준비하려고 할 때 '이동식 주방 상자'에서 뛰어나오는 것도 이놈이고, 여러분이 잠들어 있는 밤 차가운 발로 여러분 얼굴 위를 뛰어다니는 놈도 이 녀석이다. 이 쥐는 북아메리카에 널리 퍼져 살고 있는 포유동물로 아마 그 수 또한 셀 수 없이 많을 것이다.

흰발쥐는 우아한 작은 동물로, 눈이 사슴처럼 커다랗게 빛나고 검은데, 사실 귀도 커다란 데다 등이 새끼 사슴처럼 엷은 황갈색이고 가슴도 흰백색이어서 '사슴쥐'란 이름을 얻었다. 흰발쥐는 짝을 부르기 위해 한쪽 발을 굴러 소리 내는 것과, 연속해서 찍찍 울며 떨리는 소리를 내 노래 부르는 것으로 유명하다.

때로는 땅속에 둥지를 틀고, 때로는 나무에다 둥지를 만들기 때문에 나무쥐라는 이름도 있다. 1년에 새끼를 여러 번 낳는 데다 겨울잠은 자지 않기 때문에, 겨울철 먹이를 저장해 놓아야만 한다. 먹이 모으는 데 도움이 되도록, 녀석에게는 입안으로 통하는 아주 편리하고 큼지막한 주머니가 양 뺨에 하나씩 달려 있다.

뛰는쥐

녀석도 다른 쥐처럼 모닥불가를 미끄러지듯 돌아다니지만, 위험이 찾아오기라도 하면, 새총에서 갑자기 튕겨 나가듯 어둠 속으로 저 멀리 사라져 버린다. 뛰는쥐는 한 번 뛰어오를 때마다 2, 3미터까지 나갈 수 있고, 필요하다면 여러 번이고 그렇게 반복해서 뛰어오른다. 녀석이 그렇게 뛰어나가면서도 어떻게 녹초가 되지 않는 것인지는 정말 이해할 수 없다.

뛰는쥐는 몸집은 아주 작은 캥거루 같지만 거대한 피라미드를 영광스럽게도 빈번히 드나드는 동물이라고 학교 교과서에 익숙하게 등장하는 날쥐(아프리카 · 중동 · 아시아 사막 지역에 사는, 뒷다리가 아주 긴 쥐―옮긴이)의 신세계 판이다. 뛰는쥐가 생긴 모양이나 하는 짓이 정말 날쥐 같아서, 녀석을 아프리카에 사는 날쥐의 아메리카 대표라 불러도 괜찮다고 내 과학자 친구들이 기꺼이 거들어 주는 바람에 몹시 놀라면서도 기뻤던 적이 있다.

동부 시골에 사는 사람들은 여러분에게 '일곱 잠꾸러기'가 숲에 산다고 이야기해 줄 텐데, 그 일곱 잠꾸러기를 열거해 보면, 곰, 너구리, 스컹크, 마멋, 줄무늬다람쥐, 박쥐, 그리고 뛰는쥐다. 녀석들 모두가 잠자기 명수들이지만, 이 잠꾸러기파 가운데서 가장 오랫동안 숙면을 취하는 녀석이 바로 뛰는쥐다. 여름이 끝나기 몇 주 전부터 뛰는쥐는 추위나 비가 들이닥치지 못하는 땅속 깊은 곳에다 따뜻한 보금자리를 마련하고, 이른 서리에 쑥부쟁이가 얼기 전, 아내와 함께 실패에 감긴 실처럼 긴 꼬리를 몸에 칭칭 감고는 서리나 눈이 무엇인지 모르는 여름이 땅에 다시 찾아올 때까지 코 고는 소리에도 꿈쩍하지 않고 죽은 듯이 잠을 잔다. 옐로스톤 공원에서는 그 기간이 적어도 7개월이다.

이 동물이 주로 밤에 돌아다니는 탓에, 늦은 밤 용감한 뛰는쥐 몇 마리가 종종 모닥불 주위로 먹이 부스러기를 찾아 기어 다니거나, 때로 뛰는쥐 중에서도 겁 없는 젊은 놈들이 출셋길을 찾아보려다 호텔 근처 저장 탱크나 우물에 빠져 있는 것 말고는, 여행객이 녀석을 보는 일은 그리 많지 않을 것이다.

여기 뛰는쥐가 자신이 받는 평판에 부끄럽지 않게 행동하는 모습을 담은 그림이 있다. 그림을 보는 순간 뛰는쥐에게 지루할 만큼 기다란 꼬리가 달린 이유가 궁금해질 것이다. 그 답은 바로 녀석에게 달린 꼬리가 연에 달린 꼬리나 화살에 달린 깃털과 같은 역할을 한다는 점이다. 관찰한 바에 의하면 꼬리를 잃어버린 뛰는쥐는 위험으로부터 벗어나는 데 거의 속수무책이라고 한다. 한 훌륭한 동식물 연구가가 기록한 내용에 따르면, 뛰는쥐 한 마리가 풀 베는 기계에 꼬리가 잘려 나가 미친 듯이 멀리까지 뛰어다녔는데, 방향을 잡지 못해 갈팡질팡해서는, 종종 곧바로 나가지도 못하고 원하지 않은 곳으로 뛰어내리기도 할 뿐 아니라, 때로는 두 번째 뜀박질에 처음 시작했던 자리로 돌아오기도 했다고 한다.

동물에게서 찾아볼 수 있는 독특하게 발달된 부위는 모두 그

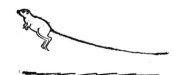

개체가 살아가는 데 반드시 필요할 만큼 중요한 역할을 한다고 말해도 틀림없는 사실이나 뛰는쥐의 경우처럼, 유별나게 발달된 부분이 어디에 쓰이는지 밝혀내기란 언제나 운이 따라 줘야 가능한 일이다.

우는쥐

15년 전 어느 날, 나는 얀시에서 3킬로미터 떨어진 옐로스톤 공원 내 배러넷 브리지 근처 낮은 강기슭에 앉아 있었다. 기슭은 절벽이나 빽빽한 숲에서 멀리 떨어진 들판이었다. 그곳은 건조한 고지대로 들쥐 크기보다 좀 더 큰 구멍들이 점점이 나 있었다. 더 이상한 점은 구멍 대부분이 똑바로 아래로 나 있고, 각각의 구멍을 이어주는 길이 땅 위로는 전혀 보이지 않았다는 것이다.

우는토끼가 내는 '왹' 소리와 비슷하면서도 더 높은 음으로 내는 독특한 소리에 이끌려 내가 그 기슭에 이른 것에 비하면 이러한 사실은 별로 중요하지 않다.

그곳을 지나가자 녀석들이 찍찍거리는 소리가 뒤에서 났기 때문에, 결국 나는 그 소리를 따라 땅속에 사는 동물을 찾아보았다. 하지만 그 녀석이 누구인지 볼 수도 없었고 판단할 수도 없었다. 구멍 크기로 보아 녀석이 쥐처럼 작은 놈임에 틀림없

다는 것 정도만 알아냈을 뿐이다.

내가 이곳에서 멀지 않은 땅에서 발견한 발자국을 그림으로 그려 나중에 동식물 연구가인 친구에게 보여 주자 친구가 이렇게 말했다. "나도 그 지역에서 똑같은 일을 겪은 뒤로 어리둥절했는데, 한 마리를 잡고 보니 강기슭에 사는 녀석들은 바로 메뚜기쥐 또는 우는쥐였지. 자네가 그린 그림은 녀석의 발자국이라네."

한때는 이 동물이 아주 희귀한 종으로 여겨졌었지만, 이제는 녀석이 사는 서식지까지 찾을 수 있으니, 우는쥐는 꽤 번성할 것이다. 내가 뉴멕시코 북부지역에 가 보니 그곳 옥수수 밭에서는 이 동물이 워낙 흔해 쥐덫 몇 개만 놓으면 매일 밤마다 두세 마리가 잡혔다. 하지만 옐로스톤에서는 녀석이 드문 데다, 이 찍찍거리는 녀석을 덫으로 잡아 보려 해도 그 수가 훨씬 많은 사슴쥐들이 미끼로 뛰어 들어와 희생을 하는 바람에 매번 실패하고 말았다.

1912년 가을 나는 노스다코타 스탠딩 락 에이전시(미국 노스다코타 주와 사우스다코타 주에 걸쳐 있는 인디언 보호구역—옮긴이)에 머물고 있었다. 강과 고지대 초원 사이 울퉁불퉁하게 펼쳐진 땅 위로 불룩 솟은 부분에 내가 옐로스톤 공원에서 보았던 구멍과 똑같이 생긴 구멍들이 나 있는 것을 보았다. 땅속에서 희미하게 들리는 찍찍거리는 소리는 별도의 확실한 증거까지 제공했다. 그래서 나는 덫을 설치했고, 그날 밤 어느 곳에나 있는 사슴쥐 한 쌍뿐만 아니라 우는쥐 표본도 한 마리 잡았다.

우는쥐가 흥미롭고 기이한 삶을 사는 것은 틀림없지만, 녀석이 건조한 들판에 살고 우는 것이 버릇이라는 것 말고는 거의 알려진 사실이 없다. 녀석은 비록 모닥불가에서 보이지 않지만, 메뚜기를 엄청 잡아먹고 개미를 대단히 무서워한다.

11

크건 작건
살금살금 기어 다니는
고양이과 동물

여러분이 말을 타고 이 육식동물이 많이 살고 있는 산을 따라 800킬로미터를 가 보아도 살아 있는 살쾡이는 털끝 하나 보이지 않는다. 하지만 몇 마리나 되는 살쾡이가 여러분을 본다고 생각하는가? 여러분이 탁 트인 계곡을 지나가는 것을 산길 근처 덤불 사이로 슬쩍 엿보거나, 모닥불가에 누워 있는 것을 여러 다양한 곳에서 살펴본 녀석들은 여러분의 덩치를 재어 본 다음 더 이상 가까이 다가가지 않기로 결정한다. 여러분은 나쁜 마력을 지닌, 피해야 할 것이기 때문이다. 아! 그러니 우리를 피하는 이 고양이들은 얼마나 영리한 동물인가!

이제껏 본 적 없는 가장 평평한 들판에서 가장 커다란 스라소니와 여러분이 마주친다 해도, 녀석은 여러분이 스물까지 세기도 전에 자취를 감춰 버릴 것이다. 풀은 겨우 10센티미터 높이일 테고, 스라소니는 키가 거의 60센티미터나 되지만, 녀석이 풀 속에 녹아들면 가장 예리하게 샅샅이 찾아보는 눈으로부터도 완전히 벗어날 수 있다. 속이 텅 빈 가죽 한 장이 더 납작하게 엎드릴 수 있다고는 아무도 생각하지 못할 것이다. 여기에다 스라소니는 미끄러지듯 움직이면서 조용히 구불구불 돌아다닌다. 녀석은 땅의 튀어나온 부분과 그루터기 주위에서 스며나오면서, 엄청난 힘을 가득 억누르고 있다가 마지막 순간에 무시무시하게 튀어나오는 듯하다. 녀석의 몸 자체도 철저히 마지막 도약을 효과적으로 하기 위해 만들어져 있다. 놈의 목숨이 바로 여기에 달려 있기 때문이다. 사느냐 죽느냐는 얼마나 놀라울 만큼 완벽하게 살금살금 다닐 수 있느냐에 달려 있고 그 정점을 차지하는 것이 바로 도약이다. 이 고양이과 동물들이 풍부한 곳에 사는 사냥꾼들은 살쾡이, 스라소니, 쿠거를 품위가 없긴 하지만 녀석들을 잘 묘사한 이름인 살금살금 기어 다니는 고양이라 부르는 데 누구나 동의한다.

붉은스라소니

문헌에 따르면 유럽에 사는 스라소니는 세계에서 거의 비할 데가 없을 만큼 잔인한 녀석이다. 북미에 사는 스라소니는 유럽산 스라소니보다 덩치와 무게가 세 배나 더 나가기 때문에, 많은 사람들은 붉은스라소니가 세 배나 더 흉포할 것이라 여기고 녀석을 거의 호랑이마냥 두려워한다. 그런데 북미산 살쾡이 또는 붉은스라소니는 사실 엄청 수줍음이 많은 동물로 조그만 개를 만나도 도망갈 준비를 하고 사람과는 결코 마주하지 않으며 토끼보다 큰 동물도 거의 죽이지 않는다.

나는 옐로스톤 공원에서 붉은스라소니를 딱 한 마리 봤는데, 그것도 공원에서가 아니라 녀석이 잡혀 있던 가디너에서였다. 하지만 그 붉은스라소니는 공원에서 온 녀석이었고, 안내원들의 말에 따르면 몇몇 지역에서 꽤 흔히 볼 수 있다고 한다.

녀석은 고양이같이 생긴 데다 마치 잘려 나간 듯 꼬리가 뭉툭하기 때문에 쉽게 알아볼 수 있다.

오해받는 캐나다스라소니

북아메리카 남부지역을 다양한 붉은스라소니 종이 차지하고 있다면, 북부는 그와는 다른 종류의 스라소니가, 그 중간에 난 좁은 지대는 두 녀석 모두가 차지하고 있다. 마침 옐로스톤 공원이 그 지대에 자리 잡고 있어, 우리는 이곳에서 붉은스라소니와 캐나다스라소니를 둘 다 발견할 수 있다.

내가 캐나다에서 살던 어린 시절 들었던 사건 세 가지가 지금도 또렷이 기억난다. 모두 캐나다스라소니를 두고 벌어진 일들이었다. 하루는 겁이 많던 이웃사람이 밝은 대낮에 커다란 스라소니 한 마리가 숲에서 나와 자신의 집 쪽으로 걸어오는 것을 보고 무척 놀랐다. 그는 안으로 들어가 총을 꺼낸 다음 문을 조금 열어 놓고 바닥에 무릎을 꿇었다. 스라소니가 집에서 약 40미터 떨어진 곳을 어슬렁거리고 있었던 터라 그는 줄곧 총을 겨누고 있었지만, 손이 부들부들 떨리면서 총이 흔들거리는 데다 "만약 맞추지 못하기라도 하면, 저 짐승이 당장 나에게 달려들 테고, 그러면, 아, 세상에! 어쩌면 좋지?"란 생각이 들어 괴롭기까지 했다.

그는 총을 쏠 담력이 없었고, 스라소니는 다시 숲으로 돌아갔다. 나는 그 사람이 지금도 또렷이 기억난다. 친절한 마음씨에 착한 사람이었지만, 아! 너무 겁쟁이였다. 이웃들이 이 일을 두고 놀리는 바람에 그는 결국 농장을 팔고 성직자가 되었다.

다음 사건도 비슷하다. 남자 둘이서 너구리 사냥을 나갔다가 끌고 간 개들이 무언가를 나무 위로 몰았다. 얼른 환하게 불을 지피고 나서 보니 나무 높이 올라간 녀석은 수염 난 스라소니 한 마리였다. 두 사람 가운데 나이가 더 어린 사람이 녀석을 향해 총을 겨누자, 다른 한 사람이 그의 팔에 매달려 그 자리를 떠나자고 애원하면서 자신들은 둘 다 부양할 가족이 있는 데다, 만약 스라소니가 상처만 입는다면 분명 나무에서 내려와 자신

들을 모두 죽여 버릴 것이라고 간절히 통
사정했다고 한다.

　세 번째 사건은 완전히 다르다. 밝은 대낮, 스라소니
한 마리가 어떤 이주민 집과 가까운 숲에서 나와 목장에 들어
가서는 새끼 양 한 마리를 잡았다. 이주민의 착한 아내가 양들
이 도망치는 소리를 듣고 때마침 밖으로 나와 보니 스라소니가
양을 끌고 가고 있었다. 그녀는 막대기를 하나 집어 들고 도둑
놈을 공격했다. 스라소니가 사납게 으르렁거렸지만, 막대기에
맞자마자 새끼 양을 떨어뜨리고는 도망쳐 버렸다. 그러자 이
용기 있는 여인은 새끼 양을 집으로 데리고 와서, 목 주위에 네
군데나 깊게 물린 자국을 발견하고는 그 상처를 꿰맨 다음 며
칠 정성스레 돌봐 주었고, 그 복슬복슬한 새끼 양은 완전히 회
복되어 어미에게로 돌아가게 되었다.

　처음 두 사건은 몇몇 사람들이 스라소니에 대해 가지고 있는
터무니없는 생각을 보여 주고, 마지막 사건은 스라소니가 참으
로 어떤 성격을 가진 동물인지를 보여 준다.

　한두 번은 스라소니가 나를 따라온 적도 있는데, 단순한 호
기심에 그런 것이 틀림없다. 숲에서 녀석들을 여러 번, 그것도
가까운 거리에서 마주치기도 했지만 그럴 때마다 녀석들은 부
드러운 눈으로 호기심 어린 표정을 한 채 나를 쳐다보았다. 그
눈빛에 잔인한 흔적이란 전혀 담겨 있지 않았고, 오히려 순수

한 배짱이 담겨 있었다.

시간이 흘러 스라소니를 만났던 기억들이 희미해져 간다 해도 내가 난생처음으로 녀석을 만났던 기억은 결코 잊지 못할 텐데, 이미 『두 소년의 숲 속 생활 이야기』 앞부분에 이 사건을 있는 그대로 이야기했으니, 여기서는 다시 이야기하지 않겠다.

숲에서 수줍음이 가장 많은 동물, 아메리카라이온, 퓨마 또는 쿠거

공식 보고서를 참조해 본다면 현재 옐로스톤 공원에는 아메리카라이온이 약 100마리 살고 있다. 하지만 공원에서 살고 있는 사람들 가운데 아메리카라이온을 본 사람이 스물다섯 명도 되지 않는다는 사실은 틀림없이 믿을 만한 사실이다.

이에 비해, 보고서에 따르면 흑곰도 약 100마리가 살고 있는데 공원에 살고 있거나 지나다닌 사람들은 누구나 다 곰 수십 마리를 목격했다.

왜 이런 차이점이 생기는 것일까? 대부분은 녀석들 습관이 각각 다르기 때문이다. 쿠거는 숲에 사는 동물 가운데서 가장 잡히지 않는 데다, 몰래 살금살금 다니면서 숨기마저 능숙한 수줍음 많은 동물이다. 내가 이 지역에서 25년간 야영을 해 왔지만 단 한 번도 야생 쿠거를 본 적이 없다. 쿠거를 잡기 위해 특별히 훈련된 사냥개 없이는 녀석들을 찾는 것이 거의 불가능하다.

비록 내가 활보하고 다니는 쿠거를 가까이서 본 적은 한 번도 없어도, 쿠거들은 여럿 나를 지켜본 것이 거의 틀림없다. 물론, 옐로스톤 공원에서조차도 말이다! 아, 여행자여! 매머드 온천 호텔 앞에 앉는다면, 쿠거가 출몰하기로 유명한 두 곳, 에바츠 산과 분젠 봉우리가 한눈에 들어온다는 것을 기억하길 바란다! 아마 여러분이 그곳에 앉아 이 글을 읽고 있는 동안 회갈색 쿠거 한 마리가 건너편 산을 덮고 있는 회갈색 바위틈 사이를 빈둥거리며 조용히 사방을 살펴보고 있을 것이다. 당신까지 포함해서 말이다.

지난 시절 우리가 수업 시간에 몰래 꺼내 읽곤 하던 매혹적인 도서를 여러분도 찾아본다면 "쿠거는 용맹하여 적수가 없을 만큼 무시무시한 짐승이다. 앞발을 휘두르기만 해도 버펄로나 암소를 죽일 수 있고, 잡은 것을 물고 전속력으로 달려 나무 위로 끌고 올라가 게걸스레 먹어 치우며, 특히 사람도 잡아먹는 짐승이다. 쿠거는 보통 어려움에 빠진 여인의 울음소리를 내서 용감한 남자를 죽음으로 꾀어낸다."라고 나와 있음을 알게 될 것이다. 이에 반해, 여러분이 꼼꼼한 박물지나 경험 많은 안내원의 설명을 참고한다면, 쿠거란 동물이 비록 사슴, 양, 망아지에게는 무시무시할 만큼 해를 끼치지만, 이 동물들보다 더 큰

사냥감은 거의 죽이지 않는 데다 사람을 공격한다는 것은 전혀 알려진 바 없음을 알게 될 것이다.

이 마지막 문장에 대해 많은 사람이 이의를 제기하면서 머리카락이 쭈뼛 서는 사건을 반대 증거로 들어 반박하기도 했다. 하지만 쿠거가 공격했다는 그 이야기들을 꼼꼼하게 하나하나 자세히 뜯어보니 대부분 사실이 아니었다.

쿠거의 학명이 뜻하듯이(hippolestes=말 도둑) 녀석이 말고기에 중독되어 있다는 것은 틀림없는 사실이다. 녀석은 망아지 한 마리를 죽이려고 먼 길을 가기도 하는데, 밤에 말을 타고 있던 사람이 쿠거의 공격을 받았다고 소문난 몇몇 사건의 경우, 쿠거가 사람이 아닌 말을 공격한 것으로 밝혀졌고, 사람이 있다는 것을 발견한 쿠거는 모두 그 자리에서 도망쳤다.

이 동물은 또한 강한 호기심에 사로잡혀 있기 때문에, 숲에서 사람을 발견하면 그 이상한 생물체를 자세히 살펴볼 마음에 뒤따라간다고 알려져 있다. 물론 그 사람을 해치고자 하는 뜻은 전혀 없이 말이다. 그런데도 불구하고 자신이 "쿠거에게 쫓기고 있다"는 것을 알아차린 그 겁 많은 여행자는 아마 어리석게도 자신이 구사일생으로 목숨을 건졌다고 생각할 것이다.

내가 아메리카라이온을 만났을 때

한번은 신문기자가 내게 이 땅에 사는 야생 동물들 때문에 '거의 목숨을 잃을 뻔한' 끔찍이도 위태로웠던 순간을 이야기해 달라고 부탁했다.

나는 이렇게 대답했다. "나는 그런 경험을 한 적이 단 한 번도 없습니다. 오늘날 미국에서는 야생 동물 때문에 위험한 일이 사실상 존재하지 않지요."

"회색곰이나 아메리카라이온을 만난 적이 한 번도 없습니까?" 기자가 물었다.

"있습니다. 회색곰은 여러 번 보았고, 아메리카라이온도 한두 번 만났어요. 한 녀석은 내가 자는 모습을 살펴보기도 했는걸요."라고 나는 대답했다.

그러자 이 세상에 스릴을 퍼뜨리는 이 기자의 얼굴이 환해지더니, 준비가 되었다는 듯 종이를 펴고 연필을 입에 문 채 이렇게 외쳤다. "말씀하세요! 바로 그겁니다. 자세히 말씀해 주세요. 탁 털어놓으시라구요!"

"1899년 9월이었습니다." 내가 입을 열었다. "아내와 저는 탈락산 근처 시에라 산맥 고지대에서 야영을 하고 있었어요. 그 계절에는 비가 오지 않기 때문에 텐트를 가져가지 않았습니다. 우리는 편안한 고무 침대 두 개를 30~50센티미터 간격을 두고 깔았지요. 침대 사이 좁은 틈에는 방수천을 펴고, 그 위에는 밤마다 총을 놓아 두었습니다.

말과 장비를 돌보는 카우보이도 두 사람 있었습니다. 맑은 하늘에 잔잔한 가을 날씨가 2주 동안 이어지다가, 어느 날 저녁 바람이 불기 시작했어요. 멀리 보이는 바다에서 먹구름이 뭉게뭉게 피어올랐습니다. 흙먼지가 작은 소용돌이를 일으키며 빙빙 돌더니, 해가 지자 하늘은 흐릿한 노란빛을 띠었지요. 말들이 불안해하면서 코를 쳐들고는 조용히 콧김을 내뿜으며 초조하다는 듯 귀를 쫑긋 세우더군요.

통상적으로 '9월에는 비가 내리지 않는다.'라지만 모든 상황이 폭풍우를 예보하고 있었기에, 비가 내리는 것에 대비해 우리가 할 수 있는 준비를 서둘러 마치고 지붕 없는 침대 속으로 들어갔어요.

밤이 깊어 갈수록 비바람은 심해졌고, 굵은 빗방울이 하나둘 아래로 후드득 떨어졌습니다. 그러고는 제일 가까운 곳에 있던 말이 크게 한두 번 콧김을 내뿜는 소리와 함께 뒷발을 들고 뛰어오르는 소리가 들리더니 잠잠해졌어요.

다음 날 아침 일어나 보니 말은 전부 사라진 데다 고삐며 밧줄은 끊어져 있고, 땅에 깊게 새겨진 말발 자국은 우리가 거의 듣지는 못했지만 말들이 얼마나 맹렬하게 우르르 달아났는지를 보여 주더군요. 카우보이들은 말을 찾아 발자국을 따라 나

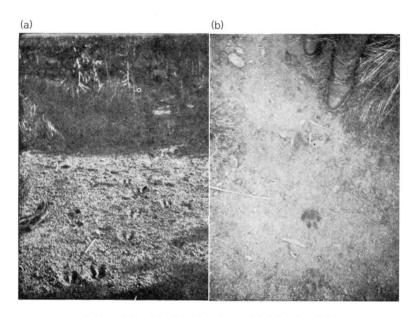

36. (a) 도망치는 사슴 발자국 (b) 뒤쫓는 아메리카라이온 발자국

37. 우리가 잠든 사이 살금살금 돌아다닌 아메리카라이온

섰고, 운 좋게도 2킬로미터도 채 못 가 녀석들을 모두 찾았습니다. 그 사이 나는 땅을 자세히 살펴보다가 무슨 일이 있었던 것인지 곧 알게 되었습니다. 왜냐하면 커다란 아메리카라이온 발자국이 땅에 나 있었기 때문이죠. 녀석이 야영지로 어슬렁거리며 들어와 우리가 자고 있는 곳까지 다가와서는 주위를 살금살금 기어 다니면서 냄새를 맡아 보고는, 그러니까 내 생각에 말이죠, 아내와 내 침대 사이 좁은 틈을 걸어 다닌 것 같습니다. 그런 다음, 아마도 녀석이 말들이 있는 곳으로 아주 가까이 다가가자, 가장 무서운 천적을 만나 두려운 나머지 말들은 모든 밧줄을 끊고 안전한 곳으로 우르르 도망친 것입니다. 말들이 위험했다는 것은 사실이지만, 그래도, 나는 말이죠, 우리는 전혀 위험하지 않았다고 생각합니다.”

기자는 내가 생각했던 것보다 그 상황을 더 심각하게 받아들이더니, 내 기억을 더 파고들어 가서 정말 위험했던 순간, 즉 야생 짐승 때문에 죽음의 문턱까지 갔던 때를 기억해 보라고 집요하게 물고 늘어졌다. 그런데 생각해 보니 기자 말이 맞았다. 구사일생으로 목숨을 건져 낸 듯한 순간을 내가 거의 잊고 있었던 것이다.

내 목숨이 위험했던 순간

역시 시에라 산맥을 여행할 때 일어난 일이다. 우리 탐험단은 몇 주 동안 키 큰 소나무 숲 속에서 지내면서 통조림 식품만 먹고 있었다. 그러다 마침내 리프 호수 근처 들판으로 나오니 들판에는 활기찬 야생 짐승, 그러니까 방목되어 있던 소가 조그맣게 무리를 이루고 있었다.

"세상에!" 한 카우보이가 말했다. "지금껏 그 오래된 통조림을 먹었으니, 신선한 우유를 약간 마셔 주는 것이 좋지 않겠수?"

"저기 우유가 가득하군요. 마음껏 드세요." 내가 답했다.

"어느 녀석을 잡아 어떻게 하는지 안다면야 당장 그렇게 하고 싶소." 그가 말했다.

그러자 어린 시절 농장에서 살던 기억이 떠오른 내가 이렇게 말했다. "젖이 나오는 암소를 보여 주죠. 녀석을 붙잡아 준다면 내가 젖을 짜겠습니다."

"좋소! 어떤 놈인 거요?"

나는 두 손을 입에 대고 위험에 처한 송아지가 매에 우는 소리를 길게 냈다. 멀리 있던 소들이 고개를 쳐들더니 '냄새를 킁킁 맡기' 시작했다. 한 번 더 매에 울자 무리에서 암소 세 마리가 떨어져 나왔다. 두 마리는 미친 듯이 숲으로 달려 들어갔고,

266

나머지 한 마리가 이리저리로 머리를 계속 쳐들었지만 뛰지는 않았다. "저놈입니다." 내가 말했다. "당신이 원하는 암소죠. 젖이 나오는 데다 새끼를 낳고 시간이 좀 흘렀군요."

그러자 카우보이들은 자신들이 맡은 일을 하기 위해 저 멀리로 달려 나갔다. 소 떼가 흩어지면서 그 암소도 뛰어 보려고 했지만, 말들이 옆으로 따라붙어 올가미가 쌩 날아가더니, 순식간에 올가미 하나가 어미 뿔에 걸리고 다른 하나는 뒷발에 걸렸다.

"이제 우유 짜는 아줌마 차례입니다요!" 카우보이들이 나를 향해 소리치자, 콧김을 내뿜으며 긴장한 채 눈을 희번덕거리고 있는 녀석의 젖을 짜기 위해 나는 손에 양동이를 들고 앞으로 나갔다. 암소는 젖을 내지 않으려고 애썼지만, 젖 짜는 일은 내게 식은 죽 먹기였다. 올가미가 걸리지 않은 자유로운 뒷다리로 녀석이 계속 나를 걷어차려 했기 때문에, 그 다리를 쳐다보면서 젖을 짜야만 했다. 높은 소리로 '쎄 쎄' 하고 나던 소리가 점점 '싸 싸' 하는 낮은 소리로 바뀌며 거품을 가로질러 젖이 두 줄기로 쏟아져 나왔지만, 이상한 냄새가 점점 강해지더니 나중에는 역겨운 악취가 진동을 했다. 양동이에 담긴 우유를 흘끗 쳐다보니, 새하얀 눈빛 거품이 잔물결을 일으키며 가득해야 할 곳에, 피가 섞인 황갈색 덩어리가 엄청난 거품을 내고 있었다.

서둘러 자리에서 일어난 내가 뒤로 물러서며 말했다. "여러분 두 사람이 마실 충분한 젖을 짰습니다. 우리는 별로 마시고 싶지 않군요. 내가 나무 있는 곳으로 돌아갈 때까지 그대로 소를 붙들고 있어요."

그런 다음, 내가 안전한 곳에 이르자 카우보이들은 소를 풀어 주었다. 물론 암소가 보인 첫 번째 반응은 복수를 하는 것이었지만, 나는 안전한 곳에 있었고 말을 타고 있던 남자들은 소를 어떻게 다루는지 알고 있었다. 암소는 기쁘게 도망쳐 버렸다.

"우유는 저기 있습니다." 나는 두고 온 양동이를 가리켰다. 틀림없이 그 암소는 젖에 몇 가지 병이 걸려 고생하고 있었다. 카우보이들은 양동이에 가득 찬 핏빛 우유를 그 자리에서 뒤엎어 버리더니 양동이를 개울로 가져가 깨끗이 씻은 다음 야영지로 돌아왔고, 우리는 그 양동이를 몇 번이고 끓는 물로 소독했다.

위험한 밤손님

해가 지고 난 그날 밤, 우리가 막 저녁식사를 마쳤을 무렵, 근처 들판에서 황소 한 마리가 커다란 소리로 무섭게 울부짖는 것이 들렸다. 그 소리는 황소가 한판 싸우고 싶을 때 내는 소리로 "나는 피 냄새를 맡았다."란 잔인한 뜻이 담겨 있었다. 무시무시할 정도로 위협적인 그 소리를 누구라도 한번 듣기만 하면

소름이 돋고, 아! 자신이 보잘것없고 무력하다고 느낄 수밖에 없게 된다.

우리가 살금살금 숲 가장자리로 다가가 보니, 불쾌하기 그지 없던 암소 젖을 쏟아 버렸던 곳에 그 괴물이 서서는 발굽과 뿔로 땅을 마구 파헤치며 그 끔찍한 함성 소리를 내지르고 있었다. 카우보이들이 말을 타고 나가 머리를 써서 힘센 황소를 제압하는 시범을 훌륭하게 보여 주었다. 그들은 전속력으로 달리면서 1.5킬로미터 밖으로 황소를 몰아, 매듭진 밧줄로 놈을 몇 대 때려 경고를 한 뒤 돌아왔고, 잠시 후 우리는 모두 잠자리에 들 수 있었다.

우리가 막 모든 것을 잊고 잠에 빠져들 무렵, 몹시 격분한 황소가 깊게 진동하는 오르간 소리처럼 가슴에서 뿜어내는 소리에 야영지의 달콤한 침묵은 또다시 깨지고 말았다. 자리에서 벌떡 일어서 보니 그 거대한 짐승이 달빛을 받으며 성큼성큼 걸어오는데 아까와 마찬가지로 그 재수 없는 핏자국에 이끌려 야영지로 곧장 다가오고 있었다.

카우보이들이 일어나 준비되어 있던 말에 다시 올라탔다. 또다시 무거운 발걸음이 쿵쿵대는 소리와 카우보이들의 고함 소리, 시끄럽게 콧김을 내뿜는 소리가 몇 번 들리고는 다시 침묵이 이어졌다. 카우보이들이 30분 만에 돌아오자 우리는 다시한번 담요를 둘둘 감고 빠르게 잠이 들었다.

그날 밤을 평화롭게 보냈을까? 천만의 말씀이다! 자정 무렵 지진과 천둥으로 뒤죽박죽된 꿈에 잠을 설치던 나는 그 덩치 큰 황소가 소리를 지르며 뛰어다니는 바람에 내 다리까지 떨리고 있다는 것을 느끼며 천천히 정신이 들었다.

그 끔찍한 짐승이 다시 돌아오고 말았다며 '로-오우-오우-오우' 하고 울부짖는 소리가 나를 흔들어 잠에서 번쩍 깨워 버렸다. 황소는 '피투성이 젖'에 대고 마음껏 화를 풀 수 있는 영광스럽고도 매력적인 기회를 잡지 않고는 도저히 배길 수 없었던 것이다. 이제 녀석은 야영지 바로 가까이까지 다가왔다. 녀석이 다가오자 온 하늘이 가로막히면서 나무까지 벌벌 떠는 것 같았다.

'로-오우-오우-오우' 울부짖던 녀석이 콧김을 부드럽게 내뿜으며 다가왔는데, 미처 내가 알기도 전에 놈은 우리가 누워 있던 잠자리와 마차 사이 좁은 공간으로 걸어 들어왔다. 만약 내가 자리에서 벌떡 일어나 녀석에게 소리라도 쳤다면, 화가 나거나 겁이 난 놈이 우리 중 누구라도 짓밟아 버렸을 수도 있다. 말이 뛰어 넘어 다니면 황소는 그렇게 짓밟아 버린다. 그래서 나는 침묵 속에서 부들부들 떨면서 그 끔찍한 '로-오우-오우-오우'가 지나가기를 기다렸다. 녀석이 지나가자 나는 자리에서 일어나 젖 먹던 힘까지 짜내 소리쳤다.

"루이! 프랭크! 도와줘요! 황소가 여기 있습니다!"

내가 말을 마치기도 전에 카우보이들이 일어났다. 준비되어 있던 말은 3분도 채 지나지 않아 출동했다. 이윽고 육중한 발걸음으로 놀라서 우르르 달아나는 소리와 밧줄을 시끄럽게 내리치는 소리가 났고, 멀리서 이 소리들이 가라앉았을 무렵, 총소리가 '탕, 탕' 들렸다. 나는 아무런 질문도 하지 않았지만, 일을 마치고 돌아온 카우보이들이 이렇게 말했다. "자, 분명히 말하지만 놈이 다시는 여기에 오지 않을 거요." 나는 그들의 말을 믿었다.

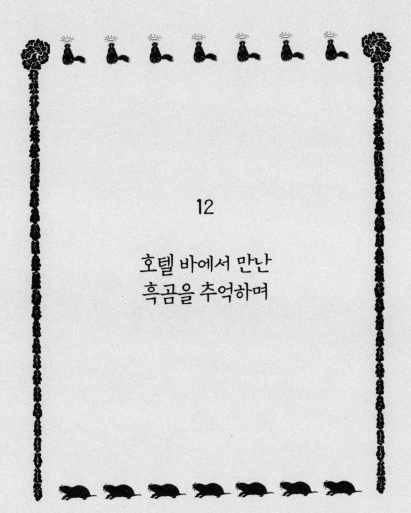

12

호텔 바에서 만난
흑곰을 추억하며

왜 밤에 코를 골면 범죄 행위이고 낮에 코를 골면 웃음거리가 될까? 내 생각처럼, 일반 사회에서도 그렇게 통한다.

1912년 9월, 나는 훌륭한 안내원과 친구들을 데리고 옐로스톤 호수 남동쪽 지역으로 갔다. 그곳은 옐로스톤 공원에서도 가장 자연 그대로 보존된 곳이었다. 사람이 사는 곳에서 가장 멀리 떨어져 있고, 그곳에 사는 동물들은 공원 호텔에서 기거라도 하는 듯 사람들과 매일 만나도 야생 그대로 거의 변하지 않았다.

우리 탐험단은 심사숙고 끝에 신중하게 뽑은 사람들로 이루어져 있었지만, 애석하나 용서할 수 없는 약점을 가진 사람이 그중에 있었으니, 그는 언제나 머리가 닿기만 하면 무시무시할 만큼 코를 골았다. 그래서 그는 차분하게 잠을 자는 우리와의 사이에 방음 공간을 두기 위해 10미터 정도 떨어진 텐트에 혼자 들어가 잤다.

그런데 그가 전날 밤에 워낙 심하게 코를 골았던 터라, 이제는 사람들의 요구에 따라 15미터나 떨어진 곳에서 자야만 했다. 하지만 고요한 밤중에 15미터 떨어져 봤자 둘레가 1미터인 가슴 두께와 음악소리가 나는 두 콧구멍 앞에서 무슨 소용이 있겠는가. 오전 2시경, 나는 전과 마찬가지로 잠에서 깨고 말았는데, 이번에는 더 심각했다. 참으로 어마어마하고 침착하게 콧김을 내뿜는 소리가 워낙 크게 들려 마치 내 옆에서 나는 소리 같았다. 자리에 앉은 나는 화가 나서 고래고래 소리를 질렀다. "제발, 잭, 닥치란 말이야. 다른 사람도 잠을 자게 해야 할 거 아니야."

내 고함 소리에 대한 답으로 콧김 소리가 더 세지더니, 덤불이 부서지는 소리가 나고는 잠잠해져, 내가 알기로 해가 뜰 때까지 계속 조용했다.

아침이 되어 자리에서 일어난 나는 친구가 그렇게 콧김을 내뿜고 시끄러운 소리를 낸 것이 아니라, 야영지 주변을 어슬렁거리고 있던 커다란 회색곰 소행임을 알았다. 녀석이 내 텐트 안에다 콧김을 내뿜는 바람에 내가 잠에서 깨고 만 것이다.

하지만 내가 소리를 지르자 놈은 무서운 나머지 도망을 쳐

버렸다. 바로 이 행동이야말로 오늘날 서부에 사는 회색곰이 어떤 태도를 지녔는지 보여 준다. 녀석들은 사람을 두려워하고 사람 냄새가 풍기거나 소리만 들려도 잽싸게 도망쳐 버린다. 만약 옐로스톤 공원에서 여러분이 공격적으로 보이는 회색곰 한 마리와 우연히 마주치게 되거든, 호텔 주위에서 바로 우리 같은 사람을 만나는 바람에 그렇게 나쁜 예절을 배우게 된 것이라 믿어도 좋다.

다양한 종류의 곰

믿을 수 없는 정보를 가진 안내원들이라면 옐로스톤 공원 안이나 근처에 흑곰, 리틀시나몬, 빅시나몬, 회색곰, 실버팁, 그리고 굽은등곰까지 여섯 종류가 산다고 여행객에게 말할 것이다. 그렇지만 오직 두 종류, 즉 흑곰과 회색곰만 살 뿐이다.

흑곰은 주둥이가 황갈색이든 아니든, 앞발이 짧고 옆에서 보면 얼굴이 납작하며 털이 검은 것으로 알려져 있다. 때때로 이 흑곰 집안에 머리털이 붉은 새끼가 태어난다. 우리도 그러는 것처럼 말이다. 녀석은 캐나다 사람들이 말하듯이 '피부가 온통 붉은' 것 말고는 형제들과 아주 비슷하게 생겼다. 사냥꾼들은 이 녀석을 '리틀시나몬'이라고 부른다.

회색곰은 덩치가 크고 앞발이 길며 옆얼굴이 움푹 꺼진 데

38. 잘 못 나온 곰 사진 세 장
(a) 결투하는 모습 (b) 회색곰의 등장 (c) 4미터 크기의 회색곰

다, 은빛 털이 점점이 난 것으로 알려져 있다. 때로 은빛 털이 아주 많이 난 회색곰이 있는데, 이 곰이 바로 실버팁이다. 또 때로는 은빛 털이 거의 없는 곰이 있는데, 이 곰을 '빅시나몬'이라고 부른다. 구부정한 어깨 위로 짧게 난 갈기가 지나치게 돋보이는 녀석도 있는데, 이 곰이 '굽은등곰'이다. 옐로스톤 공원에서는 이 모든 녀석들을 찾아볼 수 있지만, 기억하길 바란다! 그래도 녀석들은 두 종류에 속할 뿐이다. 흑곰에 속하는 곰들은 모두 나무를 잘 탄다. 회색곰 종류에 드는 녀석들은 완전히 다 자라면 나무를 전혀 타지 않는다.

곰 나무

이해가 잘 되지 않는 이상한 버릇이 곰에게는 하나 있다. 앞서 말한 곰들에게 모두 해당되는 버릇이다. 익숙한 산길을 돌아다니던 곰이 특정한 나무에 멈춰 서서는, 발톱으로 갈고, 이빨로 물어뜯고, 자신이 닿을 수 있는 한 높은 곳을 발돋움까지 해 가며 등과 머리, 심지어 주둥이 끝으로 문질러 댄다. 이 나무에 다가온 곰이라면 나무 냄새만 맡아도 최근에 다른 곰이 다녀갔으며, 그 곰이 암컷인지 수컷인지, 친구인지 적인지, 아니면 낯선 곰인지도 틀림없이 알아낸다. 따라서 나무는 일종의 소식 창고인 셈이다. 그리고 곰이 많이 사는 지역이라면 몇백

39. 곰을 그리고 있는 나를 몰래 따라온 동료 사진가

미터마다 이 나무가 서 있다.

물론 옐로스톤 공원에도 이 나무가 많다. 훌륭한 안내원이라면 몇몇 좋은 예가 되는 나무를 가르쳐 줄 것이다. 나는 호수 남쪽 지역에서 이 나무들을 워낙 자주 발견해 마치 곰들이 그냥 재미로 그 많은 나무에다 표시를 해 놓은 것처럼 보였다.

곰 가족의 삶을 들여다보다

1897년 야생 동물이 사는 모습을 연구하기 위해 옐로스톤 공원에 들어가 한철을 보낸 우리는 얀시 근처에 있던 조그만 오두막집에서 살았다. 영양과 비버 그리고 다른 동물들을 만나는 즐거움을 누리긴 했지만, 곰은 한 마리도 보지 못해 실망이 컸다. 내가 그곳에 들어갔던 까닭 가운데 하나가 '원하는 만큼 곰을 많이 볼' 거라는 가능성이었다. 하지만 2킬로미터 떨어진 곳에서 찾은 발자국 몇 개가 곰이 그 지역에 산다는 것을 보여 준 유일한 증거였다.

하루는 공원 책임자인 영 대장이 우리가 어떻게 지내는지 보러 왔다. 그래서 나는 원하는 만큼 곰을 볼 수 있다고 해서 이곳에 들어와 벌써 6주 동안 조사를 하고 있지만 아직 곰은 한 마리도 보지 못했다고 말했다. 그가 대답했다. "장소가 틀린 겁니다. 파운틴 호텔로 가 보시면 원하는 대로 곰을 여럿 보실 겁니다." 하지만 나는 서부 지역에는 나를 만족시켜 줄 만큼 곰이 많지 않다고 생각했기 때문에 그 제안은 현실성이 없다고 여겼다. 그래도 당장 파운틴 호텔로 가 한시도 지체하지 않고 호텔 뒷문으로 나갔다.

15미터도 채 가지 않아 통통한 새끼 두 마리를 데리고 나온 커다란 흑곰을 만났다. 새끼들은 권투 시합을 하고 있었고 어미는 옆에 앉아 녀석들이 공정하게 싸우는지 지켜보고 있었다. 녀석들은 나를 보자마자 권투를 멈췄고, 나는 녀석들을 보자마자 걸음을 멈췄다. 어미 곰이 '코프 코프' 하며 내 생각에 경고 신호 같은 특이한 소리를 내자, 새끼들이 나무 위로 달려 올라갔고, 너무나 민첩하게 나무를 오르는 모습에 나는 깜짝 놀랐다. 안전할 만큼 높이 올라간 새끼들은 어린아이들처럼 두 손으론 가지를 쥐고 검은색 작은 발은 공중에다 대롱대롱 흔들면서, 아래에서 무슨 일이 벌어질지 지켜보았다.

뒷발로 선 채 가만히 있던 어미 곰이 천천히 나를 향해 다가오자, 사실 나는 아주 불안해지기 시작했는데, 어미 곰이 뒷발로 서니 키가 약 180센티미터나 되는 데다 내게는 방어할 막대기조차 없었기 때문이다. 나는 천천히 호텔 쪽으로 물러서기 시작하면서, 나를 지키는 최선의 수단으로 어미 곰을 향해 내 눈에서 뿜어져 나오는 자석처럼 끌어당기는 힘으로 쏘아보았다. 우리는 사람 눈에서 자석처럼 끌어당기는 엄청난 힘이 나온다는 말을 들어 본 적이 있다. 그래, 우리는 들어 보았지만, 이 어미 곰은 전혀 그러지 못한 것이 틀림없었다. 녀석이 좀 전과 마찬가지로 계속 다가왔기 때문이다. 녀석이 나지막이 으르렁거리자, 나는 하려던 모든 시도를 품위 있게 내려놓고 호텔로 막 도망치려 했다. 바로 그 순간 어미 곰이 걸음을 멈추더니 가만히 나를 쳐다보았다.

그러고는 얼굴을 돌려 새끼들이 올라가 있는 나무를 향해 뒤뚱거리며 걸어갔다. 나무 밑에 이른 어미는 우선 나를 쳐다본 다음, 새끼들을 올려다보았다. 나는 어미 곰이 나를 괴롭히지 않으리라고 깨달은 데다 어미도 별로 신경 쓰지 않는 것처럼 보여 용기를 내 보았다. 내가 이곳에 왜 왔는지 기억나 카메라를 꺼냈다. 하지만 하늘을 쳐다보니 숲으로 일몰이 찾아올 때라 사진을 찍기에는 빛이 부족했다. 그래서 스케치북을 꺼내 그림 40을 그렸고, 그 뒤로 그림을 고친 적은 없다.

그러는 사이 어미 곰은 내가 어떤 사람일지 알아보고는, '비록 저 사람이 괜찮아 보이기는 하지만 새끼들이 위험에 빠지는 일은 없게 하기 위해' 마음을 확실히 굳혔다.

어미가 자신의 희망인 새끼 곰들을 쳐다보며 '어-르-르 어-르' 하고 독특한 소리로 울어 대자, 새끼들은 말 잘 듣는 아이들처럼 곧장 뛰어내렸다. 새끼들은 우리가 흔히 생각하듯 무거워 보인다든지 전혀 곰 같아 보이지 않았고, 가지에서 가지로 가

40. 그 자리에서 그린 곰 가족 스케치

볍게 몸을 날려 바닥으로 내려와서는 어미 곰과 함께 모두 숲으로 들어가 버렸다.

나는 이 새끼 곰들이 어미 말에 즉각 순종하는 모습이 아주 흥미로웠다. 어미가 무언가를 하라고 시키자 새끼들은 곧장 고분고분 말을 들었다. 녀석들은 다른 핑계도 대지 않았다. 하지만 나는 녀석들이 그렇게 한 데는 그럴 만한 까닭이 있다는 것도 알게 되었다. 새끼들이 어미 말대로 하지 않으면 흐느껴 울 만큼 흠씬 엉덩이를 두들겨 맞기 때문이었다. 그런데 알고 보니 어미 흑곰들은 새끼들이 말을 안 듣는다 싶으면 일상적으로 엉덩이를 때리며, 또 때리기도 잘 때린다. 어미는 앞발이 튼튼한 데다, 새끼들이 깩깩 운다 해도 때리는 것을 멈추지 않기 때문에, 한번 벌을 주면 효과가 오래간다.

이 사건은 곰들이 사는 모습을 들여다본 몹시 유쾌한 경험이었고, 만약 그쯤에서 살펴보는 것을 멈췄어도 거기까지 간 보람은 충분했으리라. 하지만 호텔에서 일하던 친구들이 그곳은 곰을 관찰하기에 제일 좋은 곳이 아니라고 말했다. 나는 숲 속으로 400미터 떨어진 쓰레기 더미로 가야만 했다. 친구들이 거기라면 틀림없이 내가 원하는 만큼 곰을 여럿 볼 수 있을 거라고 말했다. 참 터무니없는 소리 같았다.

41. 숲에서는 거의 매번 모퉁이를 돌 때마다 곰을 만난다.

쓰레기 더미에서 보낸 하루

다음 날 아침 일찍 나는 연필과 종이, 카메라를 챙겨 쓰레기 더미로 출발했다. 처음에는 약 70미터 떨어진 덤불 속에서 지켜보다가, 나중에는 그 냄새나는 더미 안으로 구멍을 파고 들어가 하루 종일 머물면서, 해가 저물수록 더 많이 오고 가는 곰들을 그림으로 그리고 사진도 찍었다.

쓰레기 더미에서 내가 작성한 기록 몇 장만 들춰 봐도 곰들이 계속해서 줄지어 찾아온다는 것을 알 수 있지만, 내가 듣기로 지금은 훨씬 더 많은 곰이 그곳에 찾아온다고 한다.

내가 했던 모험을 상세히 따라가 보는 독자라면 『위대한 산양, 크래그』에 실린 곰 조니 이야기에 나온 곰들하고 똑같은 녀석들을 그곳에서 잔뜩 찾아볼 수 있을 테니, 이 책에서는 그 곰들에 대해 더 많은 이야기를 풀어 놓지 않겠다. 그러나 사진을 찍다가 벌어진 사건에서 한 가지 빠진 부분을 이야기하고 싶다.

나는 곰 조니 이야기에서, 그럼피를 이긴 그 위대한 회색곰이 서서히 몸집을 드러내며 성큼성큼 가까이 다가오는 가운데, 말 탄 카우보이의 보호를 받으며 내가 어떻게 쓰레기 더미 위에 앉아 있었는지 말했다.

회색곰 조니는 그럼피와 벌였던 싸움을 그때까지도 잊지 않았기 때문에, 위협적인 분위기를 내뿜으며 다가왔고 나는 당연

42. 쓰레기 더미에서 기록한 내 일지 두 장

히 엄청 위축되었다. 녀석이 40미터 지점에 이르자 나는 사진을 한 장 찍었고, 20미터 가까이 이르렀을 때도 한 장 찍었다. 계속 다가오던 녀석이 5미터 앞에서는 걸음을 멈추고 고개를 돌려 내가 기다리던 옆모습을 보여 주었기 때문에 나는 다시 사진을 찍었다. 사진을 찍자마자 깜짝 놀랄 일이 일어났다. 무례할 만큼 끈질기게 이어지던 그 찰칵 소리가 회색곰의 분노를 불러일으킨 것이다. 놈은 잔인하게 으르렁거리며 나를 돌아보았다. 나는 위험한 순간에 처했다면 느껴야 할 감정들을 당연히 느끼고 있었다. 사실 이제 내 마지막 순간이 닥치는 것은 아닌지 궁금하기도 했지만, 오래된 속담에서 길을 찾았다. "무엇을 해야 할지 모르겠거든, 아무것도 하지 마라." 1, 2분가량 회색곰이 나를 쏘아보았고 나는 꿈쩍도 하지 않았다. 그러자 녀석이 태연히 나를 무시해 버리더니 만찬을 들기 시작했다.

이 모든 내용을 앞서 말한 책에 상세히 기록해 두었다. 하지만 그때만 해도 감히 할 수 없었던 한 가지가 있었는데, 바로 내가 찍었던 사진을 공개하는 일이었다.

잘은 몰라도 어쩌면 나를 죽이려고 다가왔던 그 거대한 회색곰 사진을 공개했다면 틀림없이 내 용기와 침착함을 보여 주는 훌륭한 증거가 되었으리라. 그러나 너무나 절체절명의 순간에 카메라를 눌렀던 터라, 슬픔에 젖은 내 친척들이 사고 이유를 알아보기 위해 사진을 현상하는 희미한 환상마저 보였었다. 그 사진을 있는 그대로 그림 38-c에 올린다. 너무나 침착하고 차분했던 나머지 카메라 초점 맞추는 것도 완전히 잊어버렸다.

고독한 조니

그 시절, 조니는 나무 꼭대기에 올라가 자신의 슬픈 운명을 내내 슬퍼하며 지냈는데, 내가 녀석을 떠날 때도 여전히 슬퍼하고 있었다. 그리고 그 모습이 내가 본 녀석의 마지막 모습이었다. 곰 조니에 대한 이야기에 나는 녀석과 관련된 다른 많은 모험을 담았지만, 그 모험들은 나보다 이 절름발이 새끼 곰을 훨씬 더 잘 알고 있던, 공원에 사는 사람들이 내게 들려준 것이었다. 내가 직접 그 곰을 만나 겪었던 일은 쓰레기 더미에서 하루를 보내는 동안 벌어진 일이 전부다.

비록 그해 가을 조니가 죽었지만, 그 뒤로 해마다 조니가 나타난다는 사실은 주목할 만하다. 어떤 때는 공원을 찾아오기 전에 내 책을 꼼꼼히 읽고 온 방문객들을 위해 두 마리가 나타나기도 한다. 사실 내가 그 뒤로 15년 만에 파운틴 호텔로 돌아갔을 때도, 새끼 곰 한 마리가 새벽녘 내가 묵은 객실 창문 아래로 돌아다니며 애처롭게 울어 댔는데, 호텔 직원들은 그 곰이

43. 사람이 너무 가까이 다가가면 나무로 올라가 버리는 수줍음 많은 곰

바로 자신의 이야기를 책에 풀어 낸 작가를 만나러 온 꼬마 조니가 틀림없다고 내게 말했다.

보호구역에서 일어난 그 뒷이야기

이 모든 일은 모두 15년 전 이야기다. 그 이후로 몇 가지 흥미로운 변화가 일어났는데, 모두 곰 개체 수가 늘어서 생긴 일이다. 한번에 곰 열세 마리를, 그것도 해가 지고 나서 본 것이 내가 기록한 최고 숫자지만, 이제는 숲에 먹이가 귀해지는 6월과 7월이 되면 한번에 곰이 스무 마리에서 스물다섯 마리나 나타난다는 이야기도 들었다. 대부분이 흑곰이지만 언제나 회색곰 몇 마리도 주위에 나타난다.

곰이 지닌 평판과 개체 수, 그리고 녀석들이 사람을 점점 두려워하지 않는다는 점에 비추어 본다면, 이 동물들이 공원에 사는 사람들에게 심각할 만큼 위협적인 존재가 된 것은 아닌지 궁금해할 만하다. 그렇지만 호텔 주위를 서성이는 이 거대하고 텁수룩한 괴물 무리들 덕분에 배만 고프지 않다면야 동물 세계란 원래 평화로운 곳이라는 사실이 훌륭하게 밝혀졌다.

일찍이 그리고 참으로 오랫동안, 공원에 살던 곰들은 녀석들을 신뢰한 사람들을 저버린 적이 단 한 번도 없었다. 그런데 예외도 있다는 것을 증명한 만남이 한두 번 일어나긴 했다.

한 열정적인 사진가가 쓰레기 더미에서 내가 겪은 모험을 전해 듣고는, 몇 년 뒤, 좋은 기회를 잡기 위한 만반의 준비를 갖추고 그곳을 찾아갔다.

커다란 어미 곰이 새끼 두 마리를 데리고 나타났는데, 멀리서 어슬렁거리기만 할 뿐 이 예술가에게 적당한 기회를 내주지 않았다. 사진가는 한참을 기다려도 녀석들이 자신에게 다가오지 않자, 먼저 다가가 보기로 결심했다. 그 사내는 안전한 구멍에서 빠져나와 몸을 낮게 숙인 채 당장이라도 사진을 찍을 기세로 살금살금 곰 가족을 향해 빠르게 다가갔다. 새끼들은 이상하게 생긴 두 발 달린 짐승이 위협적으로 다가오는 것을 보고 놀라서 어미를 향해 우는 소리를 내며 달려갔다. 어미는 좀 자그마한 덩치에 발은 두 개고 눈은 하나 달린 생물이 틀림없이 새끼들을 해하려 뒤쫓고 있음을 본 순간 새끼를 지키고자 하는 분노가 솟구쳤다. 이보다 덜 심각한 상황이었다 해도 어미라면 싸울 기세로 덤벼들었을 테니, 이제 어미는 그 사진가에게 달려들었다. 어미는 그를 딱 한 방 갈겼으나 그것으로 충분했다. 사진가가 들고 있던 카메라는 부서져 버렸고, 사람 역시 충격에 고통받는 몸과 부서진 갈비뼈 세 대를 치료하기 위해 2주 동안 병원에 입원해야만 했다.

호텔 주위를 돌아다니면서 골치 아프게 한 나이 많은 회색곰도 한 마리 있었는데, 녀석은 망설이지 않고 주방으로 걸어 들

44. 곰에게 먹이를 주고 있는 클리퍼드 B. 하먼

어와 음식을 집어먹었다. 텐트를 치고 야영을 하던 사람들 사이에서도 놈은 대단한 골칫거리였던 것이, 사람들이 음식을 가지고 다닌다는 것을 회색곰이 알고 나서부터는 숲 사이로 솟은 하얀 무명천 텐트가, 곧 저녁식사가 다 차려졌으니 와서 먹으라는 초대장이 되었기 때문이다. 놈이 수없이 음식을 훔쳐 가긴 했지만 사람을 해쳤다는 기록은 전혀 없다. 그래도 식료품 저장소를 여럿 털었을 뿐만 아니라 말을 달아나게 하고 야영장비를 부서뜨렸다.

한 안내원은 그 곰이 횃불이 환하게 타고 있는데도 요리사 숙소에 들어가 햄을 훔쳐 달아난 이야기를 내게 생생하게 전해 주었다. 요리사가 장작개비를 하나 들고 녀석을 뒤쫓았다. 장작개비를 휘두를 때마다 녀석이 '으르렁'거리긴 했어도 햄은 내놓지 않았기에, 사람들은 식료품을 구하러 포트 옐로스톤까지 돌아가야만 했다.

이런 일이 자꾸 늘어만 가자, 당시 공원 정찰 책임자였던 버필로 존스가 마침내 허가를 받아 이 나이 많은 죄인을 벌할 수 있게 되었다. 대령은 수많은 지역에서 수없이 다양한 짐승들을 잡았던 올가미를 휙휙 돌리며, 잘 훈련된 말을 타고 곰을 추격했다. 나이 많은 회색곰이 한동안 소나무 숲 사이로 몸을 피했지만, 대령이 타고 있던 말은 거침없이 뒤쫓았다. 그러다 죄인이 빈터로 들어서자, 단 한 치의 실수도 없이 올가미가 공기를 쌩하고 가르더니 놈의 뒷발을 휘감아 버렸다. 올가미로 쓰인 밧줄은 500킬로그램이나 나가는 야생 동물이 잡아당기는 힘을 버틸 만큼 튼튼했다. 팽팽하게 버티고 있던 밧줄을 교묘한 계략을 사용해 높은 가지 위로 넘긴 다음, 말 두 마리가 '안간힘을 써 가며' 밧줄을 끌어 곰을 높이 매달았고, 그렇게 매달린 곰은 튼튼한 방망이로 두들겨 맞았는데, 영화에도 나와 유명해진 처벌 방법이다.

이 커다란 덩치에 버르장머리 없는 아기들 가운데 한 마리는 워싱턴 동물원으로 보내져 현재 회색곰 전시를 맡고 있다.

공원에 사는 곰을 살펴보다 보면 웃을 수 있는 일이 한두 가지가 아닌데, 사실 그런 희극적 요소가 곰의 생활에서 아마 가장 두드러질 것이다. 하지만 그중에서도 가장 우스꽝스러웠던 이야기는 곰과 사이좋게 지내던 내 친구가 약 10년 전 들려주었던 이야기다.

하루는 여느 곰보다 사람을 덜 두려워하는 암컷 흑곰 한 마리가 어느 호텔 바로 곧장 들어왔다. 겁 많은 사람들이 나가 버리자 바텐더만 구석에 남겨졌지만, 그래도 카운터가 중간에서 막아 주었다. 곰이 뒷발로 일어서서 마호가니 카운터에 기대자, 이 꾀 많은 '술 조제자'가 맥주 한 잔을 맞은편으로 밀어 주며 초조하게 말했다. "이걸 원하는 거냐?"

곰이 자신에게 제공된 술 냄새가 좋았는지 몸을 웅크려 한

45. 곰의 식사 시간

잔을 전부 핥아 마신 다음, 흘렀던 것마저 조심스럽게 핥아먹
자, 문과 창문에서 엿보고 있던 한량들은 너무나 웃긴 나머지
바텐더와 새로 온 손님을 조롱할 정도였다.

"이보게, 바텐더, 돈은 누가 내는 건가?" "피부색이 검다고 차
별하는 건가?" "나도 모피 코트만 입고 오면 한 잔 공짜로 마실
수 있는 거지?" "아니지! 바텐더를 깜짝 놀라게 하면 공짜로 마
실 수 있지." 등등이 그들이 던진 농지거리였다.

곰이 무엇 때문에 찾아왔든, 녀석은 얻어 마신 것에 만족했
는지 평화롭게 숲으로 들어갔고, 나중에 나무 아래서 누워 자
고 있는 것을 사람들이 발견했다. 그런데 이튿날, 녀석이 다시
돌아왔다. 이번에는 전날보다 좀 여유롭게 일이 진행되었다.

사흘째 되는 날과 나흘째 되는 날도 전과 똑같던 녀석이 닷
새째 되는 날에는 무언가 다른 것을 원하는 듯 보였다. 곰의 모
습에 동질감을 느꼈는지, 술꾼 중 한 명이 이렇게 말했다. "한
잔 더 마시고 싶은가 보군." 남자의 짐작은 맞아떨어졌고, 한
잔을 더 받아 마신 이 방탕한 곰은 비틀거리기 시작했다. 그래
도 기분은 좋았던지 마침내 탁자 아래로 쓰러져 누워 시끄럽게
코를 골면서 마치 만물의 영장 중 하나처럼 곤드레만드레 취해
서는 잠에 빠져들었다.

그때부터 이 암컷 흑곰은 단골이 되었다. 녀석이 마
시는 양도 달마다 늘어났다. 맥주 한 잔으로도 녀

298

석이 행복해하던 시절이 있었지만, 이제는 서너 잔은 마셔야
했고, 때로는 좀 센 술도 한 잔 곁들여 줘야 했다. 그래도 무엇
을 마시든 원하던 효과가 나타나면, '술고래 조니'는 갈지자걸
음으로 탁자로 다가가 그 밑에 대자로 뻗어 누운 다음 메가폰
처럼 큰 소리로 코를 골며 잠에 곯아떨어져서는, 결국 "곰도 털
옷을 입은 사람에 불과하다."고 온 세상에 시끄럽게 증명해 보
였다. 이 이야기는 틀림없는 사실이기 때문에 읽고 의심할 수
도 없다. 술집에서 조니와 친하게 어울리던 바로 그 패거리 중
한 사람이 내게 진짜 일어난 일이라고 이야기해 준 것이니 말
이다.

회색곰과 깡통

회색곰을 산악 지대의 제왕이자 들판의 왕이며, 서부 야생
동물 가운데 비길 데 없이 강력한 놈이자 명백한 지배력을 가
진 동물이라고 생각하는 사람에게는 이 곰이 작은 양철 깡통
하나에도 위협받을 수 있다는 사실이 큰 충격이리라. 하지만
분명 그런 일이 있었다. 지금부터 자초지종을 설명해 보겠다.

공원에 있는 호텔 한 곳에서 여름 수행원 역할을 하던 큰 덩
치에 나이 많은 회색곰 한 마리가 기가 막히게 맛있는 통조림
을 마지막 한 입까지 털어 넣기 위해 발가락 두 개로 용을 쓰고

있었다. 그런데 깡통이 워낙 단단한 데다 삐죽삐죽 날카로운 가장자리가 안쪽으로 휘어져 있어, 곰은 크기는 작지만 절대로 빠져나올 수 없는 이 무시무시한 양철 덫의 손아귀에 발가락이 둘 다 단단히 끼어 버리고 말았다. 거대한 곰은 앞발을 흔들고 적을 마구 떼 내려 했지만, 겉이 매끈한 만큼 안이 날카로운 깡통은 물고 늘어지는 치명적인 질병처럼 곰의 앞발을 움켜잡았다. 발버둥을 치고 용을 쓸수록 발가락이 부풀어 오르기만 하더니 마침내 깡통 안에 가득 찰 만큼 부어 버렸다. 상황은 더 심각해져 앞발엔 고통스러운 염증마저 생겼다.

하루 종일 이 늙은 회색곰이 작지만 무시무시한 양철 깡통을 발가락에 낀 채 쿵쿵거리며 돌아다니는 소리가 났다. 때로는 발가락이 깡통에 끼어 머리끝까지 화가 난 곰이 이웃에 있던 흑곰 몇 마리한테 화를 푸는 듯 쿵, 쿵, 쿵 시끄러운 소리가 연달아 나기도 했다.

다음 날, 그리고 그다음 날도 이 빛나는 깡통은 회색곰을 사정없이 물고 늘어졌고, 시끄러운 소리를 내며 절룩거리던 곰은 '깡통 발'로 알려지게 되었다. 낮이건 밤이건 미쳐 버릴 만큼 분통 터지게 만드는 깡통이 내는 쿵, 쿵, 쿵 소리 덕분에 회색곰이 쓰레기 더미로 오가는 일은 모두에게 알려졌다. 몇 주가 흘렀지만 무자비한 고기 통조림은 여전히 매달려 있었다.

하루는 공원 관리가 말을 타고 지나갔다. 괴로워하는 곰에 대한 이상한 이야기를 들었던 그는 자신의 두 눈으로 재갈이 물린 발로 절뚝거리는 회색곰을 보았다. 그가 손짓을 하자 충실한 공원 정찰대 두 사람이 말을 타고 달려 나가, 그들을 비롯해 이제껏 그 누구도 몰랐던 가장 이상한 임무를 수행하기 위해 올가미를 쌩 하고 날렸다. 몇 분 만에 두 사람이 던진 튼튼한 생가죽 올가미가 곰을 붙잡았고 산지의 제왕은 포로로 붙잡혔다. 관리는 튼튼한 가위를 준비했다. 그런 다음 잔인한 깡통을 잘라 뜯어내 버렸다. 깡통은 이제 부풀어 오른 발가락 때문에 빈틈이 하나도 없을 정도였다. 의사가 상처를 치료한 후에 회색곰은 풀려났다. 녀석이 앞뒤 분간 못 하고 제일 처음 보여준 동물적 충동은 자신을 괴롭히는 듯 보였던 사람들에게 달려드는 것이었지만, 사람들은 지혜로웠고 말들은 곰에 익숙해 있었다. 그들이 쉽게 공격을 피하자, 곰은 숲으로 서둘러 도망쳐 마침내 건강과 온순한 성격을 회복하고는 공원 근처에서 계속 살고 있다. 아마도 다 자란 곰 가운데서 힘든 지경에 빠졌을 때 사람에게 잡혀 도움을 받았다가 다시 풀려나 평화로운 삶을 살고 있는 유일한 회색곰이리라.

46. (a) 곰이 남긴 표식을 가리키는 톰 뉴컴 (b) 곰에게 먹이를 주고 있는 시튼

47. 곰 조니 : 녀석이 저지른 죄와 말썽들

· 부록 ·

옐로스톤 공원에 사는 포유류

미국 생물조사 사업단과 공원 책임자 L. M. 브렛 대령의 도움으로 어니스트 톰슨 시튼이
1912년 발견한 포유류 목록

가지뿔영양(*Antilocapra americana*)

과거에는 흔했으나 현재는 희귀함. 라마 계곡 등지와 같은 드넓은 들판에서만 발견됨.
1870년대에는 수천 마리에 이르렀으나 1897년 약 1500마리, 1912년에는 500마리로
감소.

긴귀박쥐(*Corynorhinus macrotis pallescens*)

데빌즈 키친, 매머드 온천에서 몇 마리를 발견해서, 한 마리를 생물조사 사업단에 확인
차 보냄. 이 박쥐만이 유일하게 포획된 것이나, 아래 박쥐들도 그 서식범위가 공원 주변
이므로 발견될 가능성이 있음.

은털박쥐(*Lasionycteris noctivagans*)

작은갈색윗수염박쥐(*Myotis lucifugus*)

큰갈색졸망박쥐(*Eptesicus fuscus*)

큰늙은이틈새얼굴박쥐(*Nycteris cinereus*)

긴꼬리밭쥐(*Microtus mordax*)

버논 베일리는 타워 폭포를 비롯한 다양한 주변 지역에서 이 종을 보았다고 기록함. 틀림
없이 널리 서식하고 있음. 이 종은 짧은 꼬리에 작은 귀, 짙은 회색 빛깔 쥐로 특히 저지대
의 빽빽한 풀 속을 뛰어다니는 모습이 발견됨.

긴꼬리족제비(*Putorius longicauda*)

발견된 적이 있다고 하지만, 나는 한 마리도 보지 못했음.

난쟁이줄무늬다람쥐(*Eutamias minimus pictus*)

매머드 온천 주위에 흔함.

노란배마멋(*Marmota flaviventer*)

산지라면 어디나 흔함.

노랑가시호저(*Erethizon epixanthus*)

로키 산맥 분수령의 소나무 숲 지대에 흔한 편임.

노새사슴(*Odocoileus heminus*)

흔하게 보임. 공식 개체 수 조사에 따르면 400마리, 그중 적어도 100마리가 포트 옐로스톤 근처에서 겨울을 남.

눈덧신산토끼(*Lepus bairdi*)

흔하고 널리 서식함.

늪뒤쥐(*Neosorex palustris*)

이 종의 서식범위가 공원 주변이므로 아마도 발견되는 듯함.

담비(*Mustela caurina*)

공원 전역에서 발견되지만 흔하지는 않음.

땃쥐 또는 가면뒤쥐(*Sorex personatus*)

한 번도 포획된 적은 없으나 이 종의 서식범위가 공원 주변이므로 목록에 넣음.

로키산날다람쥐(*Sciuropterus alpinus*)

발견된 적이 있다고 함. 나는 한 마리도 보지 못했음.

로키산뛰는쥐(*Zapus princeps*)

모든 주변 지역에서 발견되고, E. A. 프레블이 옐로스톤 호수 근처에서 발견했다고 기록함.

로키산솜꼬리토끼(*Sylvilagus nuttalli grangeri*)

가디너 주변과 공원 저지대 일부 지역에 많으나, 모든 지역에 흔한 것은 아님.

리처드슨 붉은청설모(*Sciurus hudsonicus richardsoni*)

소나무 숲에 흔함.

말뚝땅다람쥐(*Citellus armatus*)

평평한 들판 어디나 흔함.

말코손바닥사슴(*Alces americanus*)

과거에는 희귀했으나, 현재 공원 남쪽 3분의 1지점 전역에 흔함. 1897년 50마리로 추산되었음. 1912년 공식 개체 수에 따르면 550마리가 서식함.

메뚜기쥐(*Onychomys leucogaster*)

옐로스톤 얀시 근처에서 이 종이 사는 전형적인 주거지를 발견했으나 한 마리도 잡지는 못함.

목초지들쥐(*Microtus pennsylvannicus modestus*)

버논 베일리가 공원 하부 가이저 지대에서 발견했다고 기록되어 있음.

밍크(*Lutreola vison energumenos*)

흔함.

북부스컹크(*Mephitis hudsonica*)

희귀하지만, 매머드 온천과 얀시에서 발견됨.

북부줄무늬다람쥐(*Eutamias quadrivittatus luteiventris*)

어디서든 아주 흔함.

북부흙파는 쥐(*Thomomys talpoides*)

공원에는 뒤쥐 종류가 흔함. 나는 이 종일 것이라 추정함.

북아메리카수달(*Lutra canadensis*)

특히 호수와 협곡 주위에 흔함.

붉은등밭쥐(*Evotomys gapperi galei*)

공원에서는 아직 잡힌 적이 없으나, 근처 모든 지역에서 발견되므로 아마도 서식하고 있을 가능성이 큼.

붉은스라소니(*Lynx uinta*)

어느 정도 흔한 편임.

붓꼬리숲쥐(*Neotoma cinerea*)

발견된 적이 있다고 하지만 나는 한 마리도 보지 못했음.

비버(*Castor canadensis*)

풍부한 데다 개체 수가 증가 추세임.

사슴쥐(*Peromyscus maniculatus artemisiae*)

어디나 흔함.

사향쥐(*Fiber zibethicus osoyoosensis*)

흔하게 보이고 널리 분포함.

아메리카너구리(*Procyon lotor*)

발견된 적이 있다고 함. 15년 전 가디너에서 공원에서 붙잡았다는 너구리를 본 적은 있으나 확실하지는 않음.

아메리카들소(*Bison bison*)

꾸준히 증가. 1897년 약 30마리였으나 현재 실측된 숫자는 199마리. 49마리는 야생에서 살고 있고 150마리는 울타리가 쳐진 목장에서 서식.

48. 마침내 행복해진 조니

아메리카라이온, 쿠거, 또는 퓨마(*Felis hippolestes*)

1897년에는 아주 희귀해서 열두 마리도 안 되는 수가 공원에서 서식했음. 그 이후로 그 수가 아주 늘어난 것으로 보여 이제는 산악 지대에서 흔하게 볼 수 있는 편임. 1912년 공식 개체 수는 100마리.

아메리카우는토끼(*Ochotona princeps*)

바위가 무너져 내린 곳은 어디나 흔함.

아메리카오소리(*Taxidea taxus*)

흔함.

아메리카흑곰(*Ursus americanus*)

흔한 데다 증가 추세임. 1912년 공식 개체 수는 100마리.

엘크(*Cervus canadensis*)

흔함. 공식 기록과 흩어져 있는 무리를 추산해 보면 개체 수는 적어도 3만 5천 마리. 그중 5천 마리가 공원에서 겨울을 남.

울버린(*Gulo luscus*)

널리 분포하고 있으나 흔하지는 않음.

짧은꼬리족제비(*Putorius cicognanii*)

서식 범위에 공원도 포함되므로 이 목록에 넣음.

캐나다스라소니(*Lynx canadensis*)

흔함.

캘리포니아회색곰(*Ursus horribilis*)

흔함. 1912년 공식 개체 수는 50마리임.

코요테(*Canis latrans*)

1912년 공식 기록에는 겨우 400마리로 나와 있지만, 어디서나 흔함.

큰꼬리여우(*Vulpes macrourus*)

흔함.

큰발밭쥐(*Microtus richardsoni macropus*)

공원에서는 아직 잡힌 적이 없으나, 근처 산악 지역에서 발견되므로, 아마도 서식하고 있을 가능성이 큼.

큰뿔양(*Ovis canadensis*)

과거에는 희귀했으나 현재는 에바츠 산, 워시번 산, 그리고 서쪽 경계 지역에서 흔하게 보임. 1897년 약 100마리로 보고됐으나 아마 75마리였을 것임. 1912년 실제 수를 세어 본 결과 210마리에 이름.

프레리도그(*Cynomys ludovicianus*)

조지 S. 앤더슨 장군이 오래전 내게 한 말에 따르면, 옐로스톤 저지대 지역에 아주 흔한 프레리도그는 과거 고지대 가디너에서도 때때로 보였다고 함.

피셔(*Mustela pennanti*)

희귀함. 조지 S. 앤더슨 장군이 내게 말하길, 1890년대 초반 밀렵꾼에게서 피셔 가죽을 하나 압수했다고 함.

황금땅다람쥐(*Citellus lateralis cinerascens*)

흔함.

회색늑대(*Canis occidentalis*)

아주 희귀해서 헬 로어링 크릭과 슬라우 크릭에서만 확인됨. 1912년 8월 25일 M. 머레이 대위가 슬라우 크릭 근처 스노우 슈 캐빈으로부터 남동쪽으로 3킬로미터 떨어진 들판에서 두 마리를 봄. 밝은 대낮에 똑똑하게 보였고 거의 흰색에 가까웠음.

흰꼬리사슴(*Odocoileus virginianus macrourus*)

가디너 근처나 윌로우 크릭, 인디언 크릭, 크레바스 산, 그리고 코튼우드 분지에서 몇 마리 보임. 공식 개체 수에 따르면 100마리가 서식함.

흰꼬리산토끼(*Lepus campestris*)

흔하고 널리 서식함.

시튼의 발자취

1860년 8월 14일	·영국 더럼 주 사우스실즈에서 명문가의 후손으로 태어나다.
1866년	·아버지의 파산으로 온 가족이 캐나다 온타리오 주 린지로 이주하다.
1870년	·토론토로 이주해 그곳에서 초등 교육을 받다. 미술에 두각을 나타내다.
1879년	·화가가 되기를 원하는 아버지의 뜻에 따라 본격적으로 미술 교육을 받기 위해 영국 런던으로 가다.
1881년	·건강 악화로 다시 캐나다로 돌아와 형들이 사는 매니토바 주로 가다. 이곳에서 이후 작품들의 무대가 된 카베리의 샌드힐 등을 쏘다니며 자연에 대한 이해의 폭을 넓히다. 이 시기에 아메리카 인디언들과 교류를 시작하다.
1883년	·미국 뉴욕으로 가서 저명한 자연학자들을 많이 만나다.
1884년	·프랑스 파리로 가서 미술 공부를 하다.
1885년	·『센추리 백과사전』에 들어갈 동물들의 그림 1천 점을 그리다.
1886년	·『매니토바의 포유류 목록』을 출간하다.
1892년	·매니토바 주 정부의 자연학자로 임명되다.

1893년	· 미국 뉴멕시코 지역으로 사냥을 나감. 이때의 경험이 후에 〈커럼포의 왕, 로보〉로 태어나다.
1894년	· 〈커럼포의 왕, 로보〉가 미국 잡지 《스크라이브너》지에 실림. 이후 42권의 책과 수많은 글들이 발표되다.
1896년	· 미국 뉴욕 출신의 그레이스 갤러틴과 결혼하다.
1898년	· 야생 동물 이야기를 다룬 첫 번째 책인 『커럼포의 왕, 로보 : 내가 만난 야생 동물들』을 발표해 세계적인 명성을 얻다.
1899년	· 『샌드힐의 수사슴』을 출간하다.
1900년	· 『회색곰 왑의 삶』을 출간하다.
1901년	· 『위대한 산양 크래그 : 쫓기는 동물들의 생애』를 출간하다.
1902년	· 자연친화적인 단체 '우드크래프트 인디언 연맹'을 창설하다.
1904년	· 딸 앤 시튼이 태어나다.
1905년	· 『뒷골목 고양이 : 진정한 동물 영웅들』을 출간하다.
1906년	· 보이스카우트 운동에 본격적으로 참여하다.
1907년	· 캐나다 북부 지역을 카누로 여행하다.
1909년	· 『은여우 이야기』를 출간하다.
1910년	· 미국 보이스카우트 협회 창립위원회 의장이 되다. 첫 보이스카우트 매뉴얼을 쓰다.
1913년	· 『옐로스톤 공원의 동물 친구들 : 우리 곁의 야생 동물들』을 출간하다.
1916년	· 『구두 신은 야생 멧돼지 : 야생 동물들이 살아가는 법』을 출간하다.
1917년	· 수(Sioux) 인디언에게서 '검은 늑대'라는 이름을 얻다.

1927년	· 수 인디언, 푸에블로 인디언들과 함께 생활하다.
1930년	· 미국 뉴멕시코 주 샌타페이로 이주하여 미국 시민권 자가 되다. 시튼 인디언 연구소를 설립하다.
1934년	· 그레이스 갤러틴과 이혼하고 줄리아 모스 버트리와 재혼하다.
1937년	· 『표범을 사랑한 군인 : 역사에 남을 위대한 야생 동물 들』을 출간하다.
1940년	· 자서전 『야생의 순례자 시튼』을 출간하다.
1946년	· 미국 뉴멕시코 자택에서 생을 마치다.

시튼의 동물 이야기 7

옐로스톤 공원의 동물 친구들

1판 1쇄 찍음 2016년 2월 15일
1판 1쇄 펴냄 2016년 2월 25일

지은이 어니스트 톰슨 시튼
옮긴이 이성은

주간 김현숙
편집 변효현, 김주희
디자인 이현정, 전미혜
영업 백국현, 도진호
관리 김옥연

펴낸곳 궁리출판 | **펴낸이** 이갑수

등록 1999년 3월 29일 제300-2004-162호
주소 10881 경기도 파주시 회동길 325-12
전화 031-955-9818 | **팩스** 031-955-9848
홈페이지 www.kungree.com | **전자우편** kungree@kungree.com
페이스북 /kungreepress | **트위터** @kungreepress

ⓒ 궁리 2016.

ISBN 978-89-5820-351-3   04840
ISBN 978-89-5820-354-4   (세트)

값 11,000원